Relato soñado

Arthur Schnitzler

Relato soñado

Traducción de Miguel Ángel Vega

Alianza editorial
El libro de bolsillo

Título original: *Traumnovelle*

Diseño de colección: Estrada Design
Diseño de cubierta: Manuel Estrada

PAPEL DE FIBRA
CERTIFICADA

© de la traducción: Miguel Ángel Vega Cernuda, 2021
© Alianza Editorial, S.A. Madrid, 2021, 2025
   Calle Valentín Beato, 21
   28037 Madrid
   www.alianzaeditorial.es

ISBN: 978-84-1148-982-9
Depósito legal: M-3398-2025

Si quiere recibir información periódica sobre las novedades de Alianza Editorial, envíe un correo electrónico a la dirección: alianzaeditorial@anaya.es

Índice

Uno

«Veinticuatro esclavos negros remaban en la espléndida galera que llevaba al príncipe Amgiad al palacio del califa. Pero el príncipe, envuelto en su manto de púrpura, yacía solo en la cubierta bajo un cielo nocturno azul oscuro, tachonado de estrellas, y su mirada...»

Hasta ese punto había leído la pequeña en voz alta, pero casi de repente se le cerraron los ojos. Sus padres se miraron sonriéndose y Fridolin se inclinó sobre ella, besó sus rubios cabellos y cerró el libro que había quedado sobre la mesa todavía sin recoger. La niña levantó la mirada como si hubiera sido descubierta.

—Son las nueve —dijo el padre—, es hora de irse a la cama.

Y como Albertine también se había inclinado sobre la niña, las manos de los padres coincidieron en aquella entrañable frente; con una sonrisa llena de ternura, que no solo iba dirigida a la niña, sus ojos se encontraron. La muchacha de servicio entró y después de advertir a la niña que diera las buenas noches a sus padres, esta, obediente, se levantó, dio un beso a su papá y a su mamá y dejó que la muchacha la sacara fuera de la habitación. Fridolin y Albertine, ya solos bajo el resplandor rojizo de la lámpara colgante, se apresuraron a reanudar la conversación que habían iniciado antes de la cena sobre las experiencias de ayer en el salón de baile.

Había sido el primer baile de ese año al que habían decidido asistir, poco antes del final del carnaval. En lo que a Fridolin se refiere, nada más entrar al salón fue recibido, como si fuera un amigo al que se espera con impaciencia, por dos señoritas disfrazadas de dominó[1] de color rojo, cuya identidad no pudo determinar, aunque ellas estaban perfectamente informadas acerca de todo tipo de historias de sus épocas de estudiante y de médico interno. Al poco tiempo habían abandonado el palco al que lo habían invitado con auspiciosa amabilidad con la promesa de volver muy pronto y sin máscaras; pero como ya hacía tanto tiempo que se habían marchado, él, impaciente, prefirió bajar al patio donde esperaba reencontrarse con las dos sospechosas apariciones. Por más que se esforzara en intentar identificarlas en su alrededor, no logró verlas por ningún lado. En lugar de ello, sin embargo,

---

1. Una túnica de la clerecía veneciana, sin mangas y con capucha, que, cuando cayó en desuso, fue utilizada como disfraz en los carnavales de la ciudad.

fue otra mujer la que se colgó de repente de su brazo: era su esposa, que acababa de alejarse de un desconocido cuya melancolía, conducta indiferente y acento extranjero, aparentemente polaco, habían inicialmente despertado su curiosidad, pero que de repente la había asustado con una palabra, soez y descarada, que la había herido. Y así, marido y mujer se sentaron, contentos en el fondo de haber escapado pronto a una mascarada decepcionantemente banal, como dos amantes, entre otras tantas parejas enamoradas, en el salón bufé con ostras y champán, charlando alegremente, como si acabaran de conocerse, en una comedia de galantería, resistencia, seducción e indulgencia. Tras un veloz recorrido en coche de punto a través de la blanca noche invernal, se estaban abrazando en su casa en una embriaguez amorosa como hacía tiempo no habían sentido de manera tan ardiente. Una mañana gris los había despertado a primera hora. Sus ocupaciones habían llamado a su marido a la cabecera de los pacientes a una hora muy temprana. Sus deberes de ama de casa y de madre apenas le habían permitido descansar. Dado que la jornada había transcurrido en el ámbito prefijado de las tareas y labores cotidianas, la pasada noche, de principio al fin, ya se había desvanecido de su memoria; y solo ahora, cuando ambos habían terminado su día de trabajo, la niña se había ido a acostar y no se esperaba ninguna molestia de ninguna parte, las figuras evanescentes del salón de baile, tanto la del melancólico desconocido como la de las muchachas disfrazadas de dominós rojos, irrumpieron en la realidad; y aquellas experiencias insignificantes se vieron repentinamente rodeadas, de manera mágica y dolorosa, por la apariencia engañosa de oportunidades perdidas. Preguntas inofensivas y, sin embargo, capciosas; respuestas ambiguas y traviesas se alternaban de una y otra parte; a ninguno de los dos se le escapó el hecho de que el otro no hablaba con una sinceridad total, por lo que ambos se sintieron inclinados a una moderada venganza. Ambos exageraron el nivel de atracción que les habrían irradiado sus desconocidos socios del salón de baile; ambos se burlaron de los celos que mostraba el otro y negaron los propios. Pero de la charla fácil sobre las inútiles aventuras de la noche pasada derivaron en una conversación más seria sobre esos deseos ocultos, apenas sospechados, que pueden provocar turbias y peligrosas vorágines incluso en el alma más clara y pura; y hablaron de los recovecos más secretos por los que apenas sentían añoranza y adonde el viento incomprensible del destino podría conducirlos algún día, aunque solo fuera en una ensoñación. Porque, por más que ambos se pertenecieran de manera incondicional en cuerpo y alma, ellos sabían perfectamente que ayer no había sido la primera vez que en torno a ellos había soplado un hálito de aventura, libertad y peligro. Temerosos, atormentándose a sí mismos y con una curiosidad malsana, intentaron sonsacarse confesiones recíprocas y rebuscaron dentro de sí mismos un hecho cualquiera por indiferente que fuera, una vivencia, aunque fuera insignificante, que se pudiera tomar como expresión de lo indecible, y cuya sincera confesión tal vez pudiera aliviarlos de una tensión y una desconfianza que poco a poco empezaban a hacerse insoportables. Albertine, ya fuera la más impaciente, la más honesta o la más amable de los dos, fue la que primero encontró el valor para comunicarse abiertamente, y con voz un tanto vacilante preguntó a Fridolin si recordaba al joven que, una noche del pasado verano en la costa danesa, estaba sentado con dos oficiales en la mesa vecina y que, al recibir un telegrama durante la cena, se había despedido apresuradamente de sus amigos.

Fridolin asintió.

—¿Qué pasó con él? —preguntó.

—Ya lo había visto por la mañana —respondió Albertine—, mientras él subía apresuradamente las escaleras del hotel con un maletín amarillo. Me miró, pero solo se detuvo unos pasos más arriba, se volvió hacia mí y nuestras miradas se encontraron. No me sonrió; al contrario, me pareció que su rostro adquiría un gesto de adustez. Muy probablemente a mí me pasara lo mismo, pues estaba emocionada como nunca lo había estado. Todo el día permanecí perdida en ensoñaciones en la playa. Si me hubiera llamado, de ello creí estar segura, no me habría podido resistir. Me sentía dispuesta a cualquier cosa. Pensé que estaba decidida a renunciar a ti, a la niña, a mi futuro; creí en efecto estar absolutamente decidida y, al mismo tiempo, ¿lo entenderás?..., tú me resultabas más querido que nunca. Precisamente esa tarde, quizá te acuerdes todavía, sucedió que nosotros estuvimos hablando sinceramente de mil cosas, también de nuestro futuro y de la niña, como no lo habíamos hecho en mucho tiempo. Al atardecer estábamos sentados en el balcón, cuando él pasó por la playa sin mirar hacia arriba y me alegré de verlo. Sin embargo, acaricié tu frente y besé tus cabellos, al tiempo que en mi amor por ti había un sentimiento de enorme compasión dolorosa. Por la noche me puse muy guapa, tú mismo me lo dijiste, y llevaba una rosa blanca en la cintura. Quizá no fuera casualidad que el extraño se sentara cerca de nosotros con sus amigos. No me miró, pero yo estuve barajando la idea de levantarme, acercarme a su mesa y decirle: «Aquí estoy, amado mío, tú eres la persona a la que estaba esperando, tómame». En ese momento le entregaron un telegrama, él lo leyó, se puso pálido, susurró unas palabras al más joven de los dos oficiales y salió del salón lanzándome una mirada enigmática.

—¿Y? —preguntó Fridolin secamente cuando ella se quedó en silencio.

—Nada más. Solo sé que a la mañana siguiente me desperté con cierta ansiedad. No sabía qué era lo que más me preocupaba: si el que se marchara o el que se quedase. Pero cuando al mediodía comprobé que había desaparecido, respiré aliviada. No me preguntes más, Fridolin, te he contado toda la verdad. También tú experimentaste algo en esa playa, lo sé.

Fridolin se levantó, anduvo de un lado a otro de la habitación un par de veces y luego dijo:

—Tienes razón. —Se quedó junto a la ventana, con el rostro en penumbra—. Por la mañana —comenzó con una voz velada un poco hostil—, a veces muy temprano, antes de que te levantaras, yo solía ir a pasear sin rumbo por la orilla del mar, por las afueras del pueblo; y, por muy temprano que fuera, el sol caía siempre luminoso y cálido sobre el mar. Como bien sabes, había pequeñas casas de campo en la playa, cada una encerrada en sí misma, como formando un pequeño mundo propio, algunas con jardines rodeados de vallas de madera y otras rodeadas de bosque, y las casetas de baño estaban separadas de las casas por la carretera y un trozo de playa. Casi nunca encontraba gente a hora tan temprana y nunca vi gente bañándose. Una mañana, sin embargo, percibí de improviso una figura femenina que nunca hasta entonces había visto y que, en la estrecha terraza de una de las casetas de baño plantadas en la arena, avanzaba con cautela poniendo un pie delante del otro con los brazos extendidos hacia atrás, contra la pared de madera. Era una chica muy joven, tal vez de unos quince años, con su rubio cabello suelto cayéndole sobre los hombros y un lado de su delicado pecho. La joven, que miraba hacia delante, hacia el agua, y se deslizaba lentamente a lo largo de la pared, con la mirada baja fija en la otra esquina, de repente estaba frente a mí. Echando las manos hacia atrás como si quisiera agarrarse con más fuerza, levantó la mirada y de repente me vio. Un temblor recorrió su cuerpo, como si ella estuviera a punto de caerse o de huir. Pero como solo podía moverse muy lentamente sobre la estrecha tabla, decidió pararse. Allí estaba inmóvil, primero con el susto en el rostro, después el enojo y, finalmente, la vergüenza. De repente, ella sonrió, sonrió maravillosamente. Era un saludo, sí, una señal de sus ojos, y al mismo tiempo, como una leve burla. Tocó con su pie el agua que me separaba de ella y luego estiró su joven y delgado cuerpo, feliz de su belleza y, como era fácil de notar, orgullosa y dulcemente emocionada por el resplandor de mi mirada, que sintió sobre ella. Así que nos quedamos uno frente al otro, quizá unos diez segundos, con los labios entreabiertos y los ojos parpadeantes. Instintivamente, extendí mis brazos hacia ella. La entrega y la alegría estaban en su mirada. Pero de repente meneó violentamente la cabeza, soltó un brazo de la pared e hizo un gesto imperioso para que me fuera; y como no estaba dispuesto a obedecer, un ruego, una súplica apareció en sus ojos de niña, de tal manera que no tuve más remedio que darle la espalda lo más rápidamente posible y reanudar mi camino. No me volví para mirarla, y no por consideración, por obediencia o por caballerosidad, sino porque tras su última mirada sentí una conmoción que iba más allá de cualquier otra cosa que hubiera experimentado anteriormente, hasta el extremo de que estuve a punto de desmayarme.

Él se quedó callado.

—¿Y cuántas veces más —preguntó Albertine, mirando al frente y sin ningún énfasis— hiciste después ese mismo camino?

—Lo que te he contado —respondió Fridolin— sucedió casualmente el último día de nuestra estancia en Dinamarca. Tampoco sé qué habría pasado en otras circunstancias. Y no me hagas más preguntas, Albertine.

Él seguía de pie junto a la ventana, inmóvil. Albertine se levantó y se acercó a él, con los ojos húmedos y oscuros y el ceño ligeramente fruncido.

—En el futuro debemos contarnos estas cosas inmediatamente —dijo ella.

Él asintió en silencio.

—Prométemelo.

Él la atrajo hacia sí.

—¿Acaso no lo sabes? —preguntó, aunque su voz seguía siendo dura.

Ella tomó sus manos, las acarició y lo miró con ternura. En el fondo de aquellos ojos, él podía leer su pensamiento. Ahora pensaba en otras vivencias más reales, en las vivencias de juventud de Fridolin, de algunas de las cuales estaba al tanto, ya que él, complacido por su celosa curiosidad, en los primeros años de su matrimonio la había puesto al corriente; incluso, como a menudo le parecía, le había revelado cosas que habría sido preferible haberse guardado para sí mismo. En aquel momento, lo sabía, muchos recuerdos la asaltaban y no se sorprendió cuando pronunció, como en un sueño, el nombre medio olvidado de una de sus jóvenes amantes. Pero sonó como un reproche, como una leve amenaza.

Él se llevó las manos de su mujer a los labios.

—En cada ser, créeme, aunque suene demasiado fácil decirlo, en cada ser que pensé que amaba, siempre te estaba buscando a ti. Lo sé mejor de lo que tú puedas creer, Albertine.

Ella sonrió con tristeza:

—¿Y si también a mí se me hubiera ocurrido buscar antes otros hombres? —dijo. La mirada de Fridolin cambió y se volvió fría e impenetrable.

Como si la hubiera pillado en una falsedad, en una traición, él dejó que las manos de ella se deslizaran fuera de las suyas; pero ella dijo:

—Ay, si supierais... —De nuevo guardó silencio.

—¿Si supiéramos qué? ¿Qué quieres decir con eso?

Ella respondió con extraña dureza:

—Poco más o menos lo que te imaginas, cariño.

—Albertine, ¿hay algo que me hayas ocultado?

Ella asintió y miró al frente con una extraña sonrisa. A él le surgían dudas increíbles y sin sentido.

—No acabo de entenderlo del todo —dijo—. Tenías apenas diecisiete años cuando nos comprometimos.

—Dieciséis, sí, Fridolin. Y, sin embargo —dijo, mirándole fijamente a los ojos—, no dependió de mí el que fuera virgen al matrimonio.

—¡Albertine!

Ella se puso a contar:

—Fue en el Wörthersee, Fridolin, poco antes de nuestro compromiso. Una hermosa tarde de verano, un joven muy guapo estaba parado junto a mi ventana, mirando hacia la grande y amplia pradera. Estábamos charlando y en el curso de esa conversación pensé..., sí, escucha lo que estaba pensando: ¡Qué joven tan amable y encantador! Ahora solo tendría que decir una palabra —por supuesto, tendría que ser la correcta— y saldría a verlo al prado y me iría con él adonde quisiera, tal vez al bosque. O incluso mejor, habríamos tomado un bote para bogar juntos por el lago. Y esa noche él podría haber tenido todo lo que quisiera de mí. Sí, eso es lo que pensé. Pero aquel joven encantador no dijo la palabra; me besó la mano con suavidad, y a la mañana siguiente me preguntó si quería ser su esposa. Y dije que sí.

Fridolin, molesto, soltó su mano.

—Y si esa noche —dijo— alguien más hubiera estado junto a tu ventana y a él se le hubiera ocurrido la palabra correcta, por ejemplo... —Se quedó pensando qué nombre debería pronunciar, pero ella extendió a la defensiva los brazos.

—Cualquier otra persona, quienquiera que hubiera sido, podría haber dicho lo que quisiera, pero eso poco le habría ayudado. Y si no hubieras sido tú el que estaba frente a la ventana —ella le sonrió levantando la mirada—, entonces la noche de verano probablemente tampoco hubiera sido tan agradable.

Él torció la boca burlonamente:

—Eso es lo que dices ahora, y tal vez es lo que piensas. Pero...

Alguien llamó a la puerta. La criada entró e informó de que la sirvienta de la Schreyvogelgasse había venido para pedir que el médico fuera a casa del consejero, que de nuevo se había puesto muy grave. Fridolin salió a la antesala. Supo por la criada que el consejero había sufrido un ataque y estaba muy mal. Él prometió ir de inmediato.

—¿Vas a irte? —preguntó Albertine mientras él se disponía rápidamente a marcharse, en un tono tan enojado como si deliberadamente la estuviera ofendiendo.

Fridolin respondió, casi asombrado:

—Tengo que hacerlo.

Ella suspiró levemente.

—Espero que no sea tan grave —dijo Fridolin—. Hasta ahora, tres centigramos de morfina han sido suficientes para que supere el ataque.

La criada le había traído el abrigo de piel. Fridolin besó a Albertine bastante distraído en la frente y en la boca, como si la conversación de la última hora se hubiera borrado ya de su memoria, y se apresuró a alejarse.

Dos

En la calle tuvo que desabrocharse el abrigo de piel, pues de repente el tiempo se había puesto más cálido y la nieve de la acera casi se había derretido. En el aire se sentía como un soplo anticipado de la ya vecina primavera. Apenas tardó un cuarto de hora desde su vivienda de la Josefstadt, cercana al Hospital General, hasta la Schreyvogelgasse. Fridolin subió rápidamente la escalera de caracol, mal iluminada, de la vieja casa hasta el segundo piso y tiró de la campanilla; pero antes de que se oyera el tradicional sonido de llamada, notó que la puerta estaba entreabierta. Atravesó la antesala sin iluminación y, en la sala de estar, comprobó de inmediato que había llegado demasiado tarde. La lámpara de queroseno, cubierta con una pantalla de color verde que colgaba del bajo techo, proyectaba una luz tenue sobre la colcha, bajo la cual yacía un cuerpo delgado e inmóvil. El rostro del fallecido quedaba en penumbra, pero Fridolin lo conocía tan bien que le pareció como si lo estuviera viendo con claridad: demacrado, arrugado, de frente ancha y barba blanca, corta y abundante, y las horribles y llamativas orejas cubiertas de pelo blanco. Marianne, la hija del consejero, estaba sentada a los pies de la cama y los brazos le colgaban flácidos, como si estuviera profundamente cansada. Olía a muebles viejos, a medicinas, a petróleo, a cocina; un poco también a colonia y a jabón de rosas. De alguna manera, Fridolin también sintió el olor dulzón y apagado de aquella chica pálida que aún era joven y se había marchitado lentamente durante meses, años, en el duro trabajo doméstico, en el extenuante cuidado del enfermo y en la vigilia nocturna.

Cuando el doctor entró, ella volvió la mirada hacia él, pero, dada la escasa iluminación, él apenas pudo comprobar si se había sonrojado como solía hacer cuando él aparecía. Quiso levantarse, pero un movimiento de la mano de Fridolin se lo impidió; ella lo saludó con un gesto de la cabeza y con tristes ojos de asombro. Él se acercó a la cabecera de la cama, tocó de manera mecánica la frente del muerto, cuyos brazos, en mangas de camisa abiertas, yacían sobre la colcha, luego se encogió de hombros con un gesto de leve pesar, metió las manos en los bolsillos de su abrigo de piel, dejó que sus ojos vagaran por el cuarto y, finalmente los posó sobre Marianne. Su cabello era abundante y rubio, pero seco; su cuello bien formado

y esbelto, aunque no libre de arrugas y de una tonali-
dad amarillenta, y sus labios estrechos, como por las
muchas palabras no dichas.

—Bueno —dijo en un susurro y casi con vergüenza—,
probablemente, mi querida amiga, no la haya pillado
desprevenida.

Ella le tendió la mano. Fridolin la tomó con simpa-
tía, como le correspondía, y le preguntó sobre el curso del último y fatal ataque. Ella le informó de manera
objetiva y breve y luego habló de los últimos días, re-
lativamente buenos, desde que Fridolin no había vuelto a ver al paciente. Fridolin acercó una silla, se sentó
frente a Marianne y le dio a entender, para consolarla,
que su padre quizá no debería de haber sufrido en las
últimas horas; luego preguntó si se había informado a
los familiares. Sí, la asistenta ya estaría de camino para
ver a su tío, y en cualquier caso, pronto aparecería el
doctor Roediger, «mi prometido», agregó, mirando a
Fridolin a la frente en lugar de a sus ojos.

Fridolin se limitó a asentir con la cabeza. En el transcurso del último año se había encontrado allí, en casa,
dos o tres veces con el doctor Roediger. El joven, suma-
mente delgado, pálido, de barba rubia recortada y con
gafas, profesor de Historia en la Universidad de Viena,
le había caído bastante bien, aunque sin despertarle
mayor interés. Sin duda, Marianne tendría mejor aspecto, pensó, si fuera su amante. Sus cabellos estarían menos secos, sus labios más rojos y llenos. «¿Qué edad podría tener ella? —se preguntó—. Cuando me llamaron

por primera vez para asistir al consejero, de esto hace ya tres o cuatro años, ella tenía veintitrés. Entonces su madre todavía vivía. Se mostraba más contenta cuando aún vivía su madre. ¿No había tomado lecciones de canto durante un tiempo? Así que Marianne se casará con este profesor. ¿Por qué lo hace? Ciertamente, no está enamorada de él y, por lo demás, no creo que tenga mucho dinero. ¿Qué tipo de matrimonio será este? Bueno, un matrimonio como otros muchos. ¿Y a mí qué me importa? Es muy posible que nunca la vuelva a ver, porque ahora no tengo nada más que hacer en esta casa. ¡A cuántas personas que estaban más cerca de mí que ellos no las he vuelto a ver!»

Mientras estos pensamientos pasaban por su cabeza, Marianne había comenzado a hablar del difunto, con cierta urgencia, como si el simple hecho de haber muerto lo hubiera convertido de repente en una persona extraordinaria. ¿Tenía realmente solo cincuenta y cuatro años? Por supuesto, las muchas preocupaciones y decepciones, la esposa siempre enferma, ¡y el hijo, que le había causado tanto dolor! ¿Qué? ¿Tenía un hermano? Sí, ella ya se lo había contado al doctor. El hermano vivía ahora en algún lugar del extranjero... Dentro del gabinete de Marianne, había un cuadro que él había pintado cuando tenía quince años. Representaba a un oficial que descendía al galope una colina. Su padre siempre había fingido no ver el cuadro. Pero era un buen cuadro. En mejores circunstancias, el hermano podría haber prosperado.

«¡Qué emocionada habla —pensó Fridolin—, y cómo le brillan los ojos! ¿Fiebre? Es probable. Últimamente está más delgada. Quizás sea un catarro apical».

Ella siguió hablando, pero a él le pareció como si no supiera con quién estaba hablando, o como si hablara consigo misma. El hermano llevaba doce años fuera de la casa; sí, ella era aún una niña, cuando de repente desapareció. El último mensaje lo había enviado cuatro o cinco años atrás, en Navidad, desde una pequeña localidad italiana. ¡Qué extraño!, había olvidado el nombre. Así estuvo hablando de cosas indiferentes durante un rato, sin necesidad, casi sin contexto, hasta que de repente se quedó en silencio con la cabeza entre las manos. Fridolin ya estaba cansado y aún más aburrido, esperando ansiosamente que llegara alguien, los familiares o el prometido. El silencio en la habitación se hacía pesado. Le parecía como si el muerto guardase silencio con ellos; no porque no pudiera hablar más, sino de manera deliberada y con maliciosa alegría.

Fridolin, echando una mirada de soslayo, dijo:

—De todos modos, tal y como están las cosas, es bueno, señorita Marianne, que no se quede en este apartamento por mucho tiempo. —Y como ella levantase un poco la cabeza, sin mirarlo, él añadió—: Su prometido pronto recibirá una cátedra, en la Facultad de Filosofía; las condiciones son más favorables que en la nuestra.

Pensó que años atrás también él apuntaba a la carrera académica, pero, dada su inclinación a una existencia más cómoda, acabaría dedicado a la práctica de su profesión... De repente, ante el excelente doctor Roediger, él se sintió el menos valioso de los dos.

—Nos vamos a trasladar en otoño —dijo Marianne, sin moverse—. Le han ofrecido un puesto en Gotinga.

—¡Ah! —dijo Fridolin y quiso expresarle sus felicitaciones, pero no le pareció apropiado ni en ese momento ni en ese contexto. Miró hacia la ventana cerrada y, sin pedir antes permiso, como ejerciendo un derecho médico, abrió ambas hojas y dejó entrar el aire, que, mientras tanto, se había vuelto más cálido y primaveral, y que parecía traer un suave aroma de los lejanos bosques donde empezaba a despertar la primavera.

Cuando se volvió hacia el interior del cuarto, vio los ojos de Marianne clavados en él como interrogándole. Se acercó a ella y comentó:

—Posiblemente el aire fresco le hará bien. Se ha puesto más caluroso, y anoche... —Iba a decir: «Volvimos a casa desde el salón de baile en medio de una tormenta de nieve», pero rápidamente reformuló la frase y agregó—: Todavía anoche había medio metro de nieve en las calles.

Ella apenas escuchaba lo que estaba diciendo. Sus ojos se humedecieron, grandes lágrimas corrían por sus mejillas y nuevamente escondió su rostro entre las manos. Sin querer, él le puso la mano en la cabeza y le acarició la frente. Sintió cómo su cuerpo comenzaba a temblar y sollozaba para sí misma, al principio de manera apenas perceptible, pero gradualmente los gemidos se hicieron más fuertes, y al final lloró con total desinhibición. De repente se dejó caer del sillón y estaba reclinada a los pies de Fridolin, cuyas rodillas rodeó con sus brazos mientras apretaba su cara contra ellas. Luego lo miró con los ojos muy abiertos, dolorosamente salvajes y susurró con acaloramiento:

—No quiero irme de aquí. Incluso aunque usted nunca regresara, aunque yo nunca volviera a verlo, quiero vivir cerca de usted.

Él estaba más conmovido que asombrado; porque siempre había sabido que ella estaba enamorada de él o imaginaba que lo estaba.

—Levántese, Marianne —dijo en voz baja, mientras se inclinaba hacia ella; la levantó con suavidad y pensó: «Por supuesto, también hay algo de histeria». Miró de reojo al padre muerto. «¿No lo estará oyendo todo? —pensó—. Quizás solo esté aparentemente muerto. Quizás todas las personas solo aparentan estar muertas en las primeras horas después de su partida». Sostuvo a Marianne en sus brazos, pero al mismo tiempo guardando la distancia, y casi involuntariamente le dio un beso en la frente, que le pareció un poco ridículo. Recordó fugazmente una novela que había leído años atrás y en la que un joven, casi un niño, era seducido, más bien violado, junto al lecho de muerte de su madre por la amiga de esta. Al mismo tiempo, no sabía por qué, tenía que pensar en su esposa. En él surgió una cierta sensación de amargura contra ella y un sordo resentimiento hacia el caballero danés con la bolsa de viaje amarilla en las escaleras del hotel. Atrajo a Marianne hacia sí, pero no sintió la menor excitación; más bien, la vista de su cabello seco y apagado y el olor dulzón e insípido de su vestido sin airear le provocaron una cierta repugnancia. En ese momento, fuera sonó la campana, lo que le alivió; besó rápidamente la mano de Marianne, como agradecido, y fue a abrir. El doctor Roediger esperaba en la puerta, vestido con un abrigo gris oscuro, con chanclos, un paraguas en la mano y una expresión de gravedad adecuada a las circunstancias. Los dos caballeros se intercambiaron una señal de saludo más cordial de lo que suponía su relación real. A continuación, ambos entraron en la habitación y Roediger expresó sus condolencias a Marianne después de una mirada tímida al muerto. Fridolin se dirigió a la habitación contigua para redactar el certificado médico de defunción, encendió la llama de gas en el escritorio y su mirada se posó en el cuadro de un oficial en uniforme blanco que se lanzaba al galope colina abajo y sable en mano hacia un enemigo invisible. Estaba enmarcado en una moldura estrecha de oro viejo y no daba mejor impresión que la que daría una modesta impresión al óleo.

Con el certificado de defunción completo, Fridolin regresó a la habitación donde los prometidos estaban sentados en la cama de su padre, con las manos juntas.

Volvió a sonar la campana. El doctor Roediger se levantó y fue a abrir. Mientras tanto, Marianne dijo, de manera casi inaudible y mirando al suelo:

—Te quiero. —Fridolin solo respondió pronunciando el nombre de Marianne, no sin ternura. Roediger volvió a entrar con una pareja de ancianos. Eran el tío y la tía de Marianne; se intercambiaron algunas palabras acordes con las circunstancias y con el embarazo natural que la presencia de alguien que acaba de fallecer infunde. De repente, la pequeña habitación parecía abarrotada de gente dando el pésame. Fridolin se percató de que sobraba, se despidió y fue conducido hasta la puerta por Roediger, quien se sintió obligado a decir unas palabras de agradecimiento y expresó la esperanza de que se volvieran a encontrar pronto.

Tres

En el portal de la casa, Fridolin miró hacia la ventana que él mismo había abierto hacía poco; los batientes oscilaban suavemente con el viento de principios de primavera. Las personas que allí quedaban, tanto las vivas como la muerta, le resultaban igualmente fantasmales e irreales. Él mismo parecía haber escapado, no tanto a una experiencia como a un hechizo melancólico por el que no debería dejarse dominar. El único efecto secundario que sintió fue una extraña renuencia a volver a casa. La nieve se había derretido en las calles y pequeños montones de un blanco sucio se apilaban a izquierda y derecha; las llamas de gas de las farolas parpadeaban y en una iglesia cercana daban las once. Fridolin, antes de ir a acostarse, decidió pasar media hora en un rincón tranquilo del café próximo a su vivienda, se puso en camino y atravesó el parque del Ayuntamiento. Aquí y allá se sentaban parejas acurrucadas en bancos en penumbra, como si la primavera ya hubiera llegado realmente y el aire, engañosamente cálido, no entrañara peligro. Tumbado en un banco y con el sombrero sobre la frente estaba un hombre cubierto de harapos. ¿Y si lo despertaba, pensó Fridolin, y le daba dinero para que fuera a pasar la noche en el albergue? Bah, ¿qué habría conseguido con eso?, siguió pensando, mañana tendría que seguir ocupándose de él, de lo contrario no tendría sentido, y al final sería sospechoso de tener una relación criminal con él. Y aceleró el paso, como para salir de la responsabilidad y la tentación lo más rápido posible. «¿Por qué precisamente a este? —se preguntó—. Solo en Viena hay miles de estos pobres diablos. Si uno quisiera ocuparse de todos ellos, del destino de todos los extraños...». Y se acordó del muerto, al que acababa de dejar, y con cierto estremecimiento y no sin repugnancia, pensó en el hecho de que en el cuerpo alargado y delgado bajo la colcha de franela marrón ya había comenzado la putrefacción y la aniquilación según leyes eternas. Y se alegraba de estar todavía vivo; de que con toda probabilidad todas estas cosas horribles aún estuvieran lejos de él; sí, de que todavía estaba en la mitad de su juventud, tenía una mujer encantadora y adorable y podía tener una o más si quería. Por supuesto, esto último habría requerido más tiempo libre del que disponía; y se dio cuenta de que tendría que estar en la clínica a las ocho de la mañana; de once a una, visitar a los pacientes privados; mantener su consulta después del mediodía, de tres a cinco, y todavía por la tarde tendría que hacer algunas visitas más a los enfermos. Bueno, al menos con suerte no lo volverían a buscar en medio de la noche, como le había sucedido hoy.

Cruzó la plaza del Ayuntamiento, que brillaba tenuemente como un estanque parduzco, y se dirigió al distrito de la Josefstadt, que le resultaba más familiar. En la lejanía, oía pasos sordos y regulares y al doblar una esquina vio, todavía a una distancia considerable, un pequeño grupo de estudiantes, seis u ocho, de una asociación estudiantil que se acercaba a él. Cuando los jóvenes llegaron a la luz de una farola, creyó reconocer en ellos el color azul de los «alemanes»[2]. Él nunca había pertenecido a una asociación, pero en su día se había batido a sable en varias ocasiones. En relación con este recuerdo de sus días de estudiante, le vino a la mente el episodio de las disfrazadas de dominó rojo que la noche anterior lo habían atraído al palco y que lo habían abandonado de manera tan intempestiva. Los estudiantes estaban ya muy cerca, hablaban en voz alta y se reían... ¿No conocería a alguno de ellos del hospital? Pero debido a la tenue iluminación no le fue posible ver claramente sus fisonomías. Tuvo que mantenerse muy pegado a la pared para no chocar con ellos... Ya habían pasado. Solo el que iba el último, un tipo alto con un abrigo de invierno abierto y una venda sobre el ojo izquierdo, parecía ir deliberada-

2. Una de las asociaciones estudiantiles de cuño nacionalista que pretendía la creación de la Gran Alemania.

mente rezagado y lo golpeó con el codo. «No puede ser un tropiezo. ¿Qué está haciendo el tipo este?», pensó Fridolin e involuntariamente se detuvo. El otro, después de dos pasos, hizo lo mismo, y así, por un momento, se miraron a los ojos desde una discreta distancia. De repente, sin embargo, Fridolin se volvió de nuevo y continuó. Escuchó una breve risa detrás de él y estuvo a punto de darse la vuelta de nuevo para desafiar al tipo aquel, pero sintió una palpitación extraña, como la que había sentido hacía doce o catorce años, cuando alguien había golpeado con tanta fuerza su puerta mientras estaba con aquella deliciosa jovencita, a quien siempre le encantaba contar cosas de un novio lejano, probablemente inexistente. En realidad, solo había sido el cartero quien había llamado de manera tan amenazadora. Se dio cuenta de que su corazón latía ahora como en aquel entonces. «¿Qué sucede?», se preguntó enojado consigo mismo, mientras notaba que sus rodillas temblaban un poco. «¿Cobarde, yo? Absurdo —se dijo—, ¿me voy a ocupar de un estudiante borracho, yo, un hombre de treinta y cinco años, médico general, casado, padre de una niña?... ¡El desafío! ¡Los padrinos! ¡El duelo! Y al final ¿por un golpe en el brazo, por un empujón tan estúpido? Y después, ¿incapacitado por algunas semanas? ¿O con un ojo fuera? ¿O incluso con un envenenamiento de la sangre? ¿Y quizás en ocho días acabar como el señor de la Schreyvogelgasse bajo la manta de franela? ¿Cobarde, yo?» Se había batido tres veces a sable y una vez estuvo listo para un duelo a pistola, y no había sido por iniciativa suya que el asunto se hubiera resuelto amistosamente. ¿Y su trabajo? Peligros había por todas partes y en cada momento..., aunque uno terminaba olvidándose de eso. ¿Cuánto tiempo había pasado desde que el niño con difteria le había tosido en la cara? Tres o cuatro días, nada más. Después de todo, ese sí que era un asunto mucho más serio de lo que podría ser un insignificante duelo a sable. Y en eso no se pensaba en absoluto. Bueno, si volviera a encontrarse con aquel tipo, el asunto aún podría resolverse. De ninguna manera estaba obligado a ello, a medianoche, cuando estaba de camino a la casa de un enfermo o de vuelta de la cabecera de otro, lo que después de todo podría haber sido el caso... No, realmente no estaba obligado a reaccionar ante semejante bravuconada de estudiantes. Si ahora, por ejemplo, el joven danés viniera a su encuentro con Albertine..., pero bueno, ¡qué ocurrencias! Aunque... era como si ella hubiera sido su amante. Oh, sería un auténtico placer encontrarse frente a él en un claro del bosque de cualquier lugar y apuntar el cañón de una pistola a aquella frente con el cabello rubio lacio. De improviso, sin que se hubiera dado cuenta de ello, se encontraba en un estrecho callejón por el que solo unas pocas prostitutas merodeaban para atrapar hombres con quienes pasar la noche. «Fantasmagórico», pensó. De repente, en su memoria, los estudiantes de gorras azules se volvieron fantasmales, lo mismo que Marianne, su prometido, el tío y la tía, a quienes ahora imaginaba tomados de la mano, rodeando el lecho de muerte del viejo consejero. También Albertine, que ahora imaginaba profundamente dormida, con los brazos cruzados bajo la nuca; incluso su hija, que ahora estaba acurrucada en su estrecha cama de latón blanco, y la joven criada de mejillas sonrosadas con el lunar en la sien izquierda... Todos ellos se habían convertido en figuras espectrales para él. Y en esa sensación, aunque le hacía estremecerse un poco, había al mismo tiempo algo tranquilizador que parecía liberarlo de toda responsabilidad, más aún, desvincularlo de todas las obligaciones humanas.

Una de las chicas que estaban haciendo la carrera le pidió que se fuera con él. Era una criatura delicada, todavía muy joven, muy pálida, con los labios pintados de rojo. «Esto también podría terminar en muerte —pensó—, ¡pero no tan rápido! ¿Además, vas a ser un cobarde? En el fondo, sí». Escuchó sus pasos tras él, y a continuación su voz.

—¿No quieres venir conmigo, doctor?

Él se giró sin querer:

—¿De qué me conoces? —preguntó.

—No te conozco —dijo—, pero en este distrito todos sois médicos.

No había tenido nada que ver con una mujer de este tipo desde sus tiempos de estudiante de secundaria. ¿Volvía repentinamente a sus años de infancia al verse incitado por aquella criatura? Se acordaba de un tipo que había conocido fugazmente, un joven elegante del que se decía que había tenido mucha suerte con las mujeres. En cierta ocasión, en su época de estudiante, había estado sentado con él en un local nocturno después de un baile y, antes de que se fuera con una de las habituales del negocio horizontal, había devuelto la mirada algo desconcertada de Fridolin con estas palabras: «Siempre resulta lo más cómodo... Y además tampoco son de las peores».

—¿Cómo te llamas? —preguntó Fridolin.

—Bah, ¿que cuál es mi nombre? Mizzi[3], por supuesto. —Ella ya había girado la llave de la puerta principal, entró en el pasillo y esperó a que Fridolin la siguiera. Al ver que vacilaba, dijo—: ¡Rápido!

De repente se encontraba junto a ella. La puerta se cerró detrás de él y ella echó la llave; encendió una vela y fue alumbrando delante de él. «¿Me he vuelto loco? —se preguntó—. Por supuesto que no la tocaré».

Una lámpara de aceite ardía en su habitación. Ella sacó más mecha: era una habitación muy cómoda, muy bien arreglada y en todo caso tenía un olor mucho más agradable que la casa de Marianne, por ejemplo. Por supuesto que aquí ningún anciano había estado enfermo durante meses. La chica sonrió, se acercó a Fridolin sin agobiarle, y este la rechazó con suavidad. Ella le señaló a continuación una mecedora en la que él se dejó caer con gusto.

3. Mizzi era el hipocorístico vienés de Marie. Se trataba del antropónimo femenino más corriente en la clase baja.

—Estoy segura de que estás muy cansado —dijo.

Él asintió. Y mientras ella se desnudaba sin prisas, añadió:

—Claro, ¡la de cosas que tendrá que hacer un hombre como tú durante todo el día! Nosotras lo tenemos más fácil.

Él se dio cuenta de que sus labios no estaban maquillados, sino que eran de un color rojo natural, y la felicitó por ello.

—¿Por qué iba a maquillarme? —preguntó—. ¿Qué edad crees que tengo?

—¿Veinte? —conjeturó Fridolin.

—Diecisiete —dijo ella mientras se sentaba sobre sus rodillas y echaba un brazo alrededor de su cuello como una niña.

«¿Quién en el mundo podría sospechar —pensó— que en este momento estoy en esta habitación? ¿Lo habría creído posible hace una hora o diez minutos? ¿Y por qué? ¿Por qué?». Ella buscó con sus labios los de él; Fridolin se echó hacia atrás y ella lo miró con ojos sorprendidos, un poco triste, y se dejó resbalar de sus rodillas. Él casi sintió pena por ello, porque había sentido una gran ternura reconfortante en su abrazo.

Ella echó mano de una bata roja que colgaba del cabecero de la cama abierta, se la puso y apretó los brazos sobre el pecho para cubrir toda su figura.

—¿Te parece mejor ahora? —preguntó sin burla, como con timidez, como si quisiera entenderlo. Él apenas supo qué responder.

—Lo has adivinado —dijo—. Estoy realmente cansado y me resulta muy agradable sentarme aquí en la mecedora y simplemente escucharte. Tienes una voz tan hermosa y gentil. Solo habla, dime algo.

Ella se sentó en la cama y negó con la cabeza.

—Lo que pasa es que tienes miedo —susurró ella, y luego añadió con voz apenas perceptible—: ¡Qué pena!

Estas últimas palabras hicieron que una ola de sofoco recorriera sus venas. Se acercó a ella, quiso abrazarla; le explicó que ella le infundía total confianza y que le estaba diciendo la verdad. La atrajo hacia sí, la cortejó, como a una niña, como a una mujer a la que amase. Ella se resistió, él se avergonzó y finalmente la soltó.

Ella dijo:

—Nunca se sabe, alguna vez tiene que llegar. Tienes toda la razón en tener miedo. Y si luego pasa algo, me maldecirías.

Ella rechazó con tanta decisión los billetes que le ofrecía que él no pudo seguir insistiendo. Ella se puso una bufanda de lana azul, encendió una vela, lo alumbró, lo acompañó escaleras abajo y abrió la puerta.

—Hoy me quedaré en la casa —dijo.

Él cogió su mano y la besó sin querer. Lo miró asombrada, casi asustada; luego se rio, avergonzada y feliz.

—Como a una señorita —exclamó. La puerta se cerró detrás de él y, con una rápida mirada, Fridolin grabó el número de la casa en su mente para mañana poder enviar a la pobrecilla unos vinos y algunas golosinas.

Cuatro

Al salir notó que mientras tanto el tiempo se había puesto un poco más cálido. Las templadas auras traían al estrecho callejón un olor a prados húmedos y a primavera de montaña distante. «¿A dónde ir ahora?», pensó Fridolin, como si no fuera una cuestión más que natural el regresar finalmente a casa y echarse a dormir. Pero no podía decidirse. Desde el odioso incidente con los miembros de la asociación estudiantil de los alemanes se sentía como un vagabundo, como si lo hubieran echado... ¿O era desde la confesión de Marianne? No, hacía ya más tiempo... Desde la conversación de la tarde con Albertine sentía que se estaba alejando cada vez más del área familiar de su existencia hacia algún otro mundo lejano y extraño.

Recorrió las calles nocturnas dejando que el suave aire cálido del sur le acariciara la frente para, finalmente, con paso decidido, como si ya hubiera llegado a un destino largamente buscado, entrar en un café de baja categoría, que, con su tradicional estilo vienés, resultaba acogedor: no especialmente espacioso, moderadamente iluminado y no muy concurrido a esa hora tan tardía.

En un rincón, tres caballeros jugaban a las cartas. Un camarero, que hasta ese momento los había estado observando, ayudó a Fridolin a quitarse el abrigo de piel, le tomó nota y le trajo las revistas ilustradas y los periódicos de la tarde. Fridolin se sintió seguro y empezó a hojear los diarios. En ocasiones, su mirada se detenía: En una ciudad de Bohemia, los letreros de las calles en idioma alemán habían sido retirados. En Constantinopla se celebraba una conferencia sobre la construcción de un ferrocarril en Asia Menor, en la que también participaba Lord Cranford. La empresa Benies & Weingruber se había declarado en quiebra. Por una cuestión de celos, una prostituta de nombre Anna Tiger había cometido una agresión contra su amiga Hermine Drobizky, a la que había rociado con vitriolo. Esta tarde había tenido lugar un festín a base de arenques en el Sophiensaal. La joven Marie B., que residía en la Schönbrunner Hauptstrasse 28, se había envenenado con un sublimado corrosivo... Todos estos sucesos, tanto los indiferentes como los tristes, dada su monótona vida cotidiana, tuvieron de alguna manera un efecto tranquilizador y aleccionador sobre Fridolin. Sintió pena por la joven, Marie B.: Sublimado, ¡qué estupidez! En aquel momento, mientras él estaba cómodamente sentado en el café y Albertine dormía en paz con los brazos cruzados bajo la nuca y el consejero ya había superado todo sufrimiento terrenal, Marie B., Schönbrunner Hauptstrasse 28, se retorcía de dolor sin sentido.

Levantó la vista del periódico. Fue entonces cuando se percató de que desde la mesa de enfrente dos ojos estaban clavados en él. ¿Era posible? ¿Nachtigall? Él ya lo había reconocido y, feliz y sorprendido, levantó los brazos y se acercó a Fridolin. Era un joven alto, bastante robusto, casi pesado, de largo cabello rubio, ligeramente rizado y que ya le clareaba un poco, y con un bigote rubio que colgaba al estilo polaco. Llevaba un abrigo abierto de color gris y debajo un frac un tanto grasiento, una camisa arrugada con tres botones de diamantes falsos, un cuello no menos arrugado y una corbata de seda blanca suelta. Tenía los párpados enrojecidos como si hubiera pasado muchas noches de vigilia, pero sus ojos eran brillantes y azules.

—¿Estás en Viena, Nachtigall? —exclamó Fridolin.

—¿Pero no lo sabes? —dijo Nachtigall con un suave acento polaco de tono moderadamente judío—. ¿Cómo es que no lo sabes? Soy tan famoso... —Se rio estentórea y afablemente y se sentó frente a Fridolin.

—¿Cómo? —preguntó Fridolin—. ¿Te has hecho profesor de cirugía sin que se haya sabido?

Nachtigall se rio aún más sonoramente:

—¿No me acabas de oír ahora... ahora mismo?

—¿Que yo te he escuchado? ¡Ah, sí! —Solo en ese momento Fridolin se dio cuenta de que mientras entraba, incluso antes, cuando se acercaba a la cafetería, había oído tocar el piano desde la profundidad del sótano—. ¿Así que eras tú? —exclamó.

—¿Quién si no? —se rio Nachtigall

Fridolin asintió con la cabeza. Por supuesto, aquel ataque peculiarmente enérgico, aquellas extrañas armonías, algo arbitrarias pero melodiosas, de la mano izquierda le habían resultado inmediatamente familiares.

—¿Así que te dedicaste totalmente a eso? —dijo. Recordó que Nachtigall había dejado de estudiar medicina definitivamente después de haber hecho el segundo examen preliminar, en zoología, que, aunque con éxito, solo aprobó con siete años de retraso. Pero durante mucho tiempo había estado merodeando por el hospital, por la sala de disección, los laboratorios y las aulas, donde con su cabeza rubia de artista, su cuello siempre arrugado, el aleteo de su corbata antaño blanca había constituido una figura llamativa y popular, en el buen sentido, que resultaba francamente apreciada no solo entre los colegas, sino también entre algunos profesores. Hijo de un comerciante de alcohol judío en un pueblo polaco, había venido a Viena desde su tierra natal para estudiar medicina. Desde un principio, el exiguo apoyo paterno apenas merecía la pena, y para colmo pronto se interrumpió por completo, lo que no le impidió seguir acudiendo a una tertulia habitual de médicos en el Riedhof, a la que también pertenecía Fridolin. A partir de cierto momento, el pago de sus consumiciones fue siempre asumido por alguno de sus colegas más ricos. En ocasiones, también recibía prendas de vestir como obsequio, que aceptaba con gusto y sin falso orgullo. Ya en su ciudad natal había recibido las primeras lecciones de un pianista que había acabado allí, y en Viena, ya como *studiosus medicinae,* asistió también al conservatorio, donde al parecer se le tenía por un talento pianístico prometedor. Pero aquí, también, no fue lo suficientemente serio y trabajador para continuar adecuadamente su educación; y pronto quedó completamente satisfecho con los éxitos musicales que obtenía entre sus conocidos, o más bien con el placer que le brindaba tocar el piano. Durante un tiempo trabajó como pianista en una escuela de baile del extrarradio. Los compañeros de la universidad y los de tertulia intentaron introducirle en casas de más alcurnia para que ejerciera la actividad, pero en semejantes ocasiones tocaba lo que quería y el tiempo que quería, entablaba conversaciones con las jóvenes que no siempre resultaban inofensivas por su parte, y bebía más de lo que podía soportar. En cierta ocasión, tocaba en un baile en la casa del director de un banco; tras haber hecho avergonzarse ya antes de la medianoche a las jóvenes que pasaban bailando con comentarios sugerentes y galantes, y haber ofendido a sus acompañantes, se le ocurrió tocar un cancán salvaje y cantar un pareado ambiguo con su

poderosa voz de bajo. El director del banco lo repren-
dió enérgicamente. Nachtigall, lleno de dichosa sere-
nidad, se levantó, abrazó al director, quien, indigna-
do, susurró, aunque también era judío, un insulto en
la cara del pianista, que inmediatamente Nachtigall
contestó dándole una gran bofetada, con lo que su carrera en las mejores casas de la ciudad se dio definitivamente por terminada. En los círculos más íntimos,
por lo general, sabía comportarse de manera más de-
cente, aunque en tales ocasiones, a altas horas de la
noche, a veces se veían obligados a desalojarlo del local a la fuerza. Pero a la mañana siguiente, todos los
involucrados perdonaban y olvidaban esos incidentes.
Un día, cuando todos sus compañeros hacía tiempo
que habían terminado sus estudios, de repente desapareció sin despedirse. Durante unos meses, siguió
enviando saludos desde distintas ciudades rusas y po-
lacas, y, en cierta ocasión y sin más explicaciones, Fridolin, quien siempre había tenido en gran estima a
Nachtigall, volvió a saber de él no solo por el saludo
que este le enviaba, sino también por la solicitud de
una moderada cantidad de dinero. Fridolin envió la
suma de inmediato sin que recibiera una palabra de
agradecimiento o cualquier otra señal de vida por parte de Nachtigall.

En ese momento, sin embargo, a la una y cuarenta y
cinco de la noche y después de ocho años, Nachtigall
insistió en compensar de inmediato este olvido, y sa-
cando el número exacto de billetes de una billetera

bastante estropeada, que, por cierto, estaba bastante
llena, Fridolin recibió el reembolso de la cantidad,
que aceptó con la conciencia tranquila.

—Así que te va bien —dijo sonriendo, como para su
propia tranquilidad.

—No puedo quejarme —respondió Nachtigall. Y
puso la mano en el brazo de Fridolin—: Pero dime,
¿cómo es que llegas a estas horas de la noche?

Fridolin explicó su presencia a una hora tan tardía
con la urgente necesidad de tomar otra taza de café
después de una visita nocturna a los enfermos; pero se
calló, sin saber realmente por qué, que ya no había encontrado a su paciente con vida. A continuación le
dio noticias generales sobre su labor profesional en el
policlínico y su práctica privada, y mencionó que estaba casado, felizmente casado, y era padre de una niña
de seis años.

Ahora le tocaba informar a Nachtigall. Como bien
sospechaba Fridolin, había pasado esos años como
pianista en todo tipo de pueblos y ciudades polacos,
rumanos, serbios y búlgaros: en Lemberg vivía una
mujer con cuatro hijos suyos; y se rio de manera jocosa, como si fuera excepcionalmente divertido tener
cuatro hijos, todos en Lemberg y todos de la misma
mujer. Había vuelto a Viena el otoño pasado. El teatro de variedades que lo había contratado cerró al
poco tiempo y ahora tocaba en los locales más diversos, tal y como le venían las cosas, a veces en dos o
tres en la misma noche.

—Aquí abajo, por ejemplo, en el sótano. No es un establecimiento muy elegante —señaló—, en realidad es una especie de bolera, y en lo que al público se refiere... Pero cuando tienes cuatro hijos que cuidar y una mujer en Lemberg... —Y de nuevo se rio, aunque no tan jovialmente como antes—. A veces también tengo que actuar en privado —agregó rápidamente. Y como viera una sonrisa insinuante en el rostro de Fridolin—: No para directores de banco y tipos semejantes, no, sino en todos los círculos posibles, incluidos los más altos, tanto públicos como secretos.

—¿Secretos?

Nachtigall miró de manera sombría y pícara.

—Dentro de un rato vendrán a recogerme.

—¿Cómo? ¿Todavía tienes que tocar hoy?

—Sí, allí no empieza hasta las dos.

—Eso suena especialmente interesante —dijo Fridolin.

—Sí y no. —Nachtigall se rio, pero de inmediato volvió a ponerse serio.

—¿Sí y no? —repitió Fridolin con curiosidad. Nachtigall se inclinó sobre la mesa para aproximarse a él.

—Hoy voy a tocar en una casa particular, pero no sé dónde es.

—¿Entonces hoy tocas allí por primera vez? —preguntó Fridolin con creciente interés.

—No, es la tercera vez. Pero probablemente será en una casa diferente.

—No entiendo.

—Yo tampoco —se rio Nachtigall—. Será mejor que no preguntes.

—Hum —exclamó Fridolin.

—Oh, estás equivocado. No es lo que tú te crees. He visto muchas cosas y uno no puede imaginarse que en ciudades tan pequeñas, especialmente en Rumanía, se vean cosas... Pero aquí... —Apartó un poco la cortina amarilla de la ventana, miró hacia la calle y dijo como para sí mismo—: Todavía no está ahí. —Y luego a Fridolin, como explicando—: Es decir, el coche. Siempre me recoge un coche y siempre uno distinto.

—Me está picando la curiosidad, Nachtigall —dijo Fridolin con frialdad.

—Escucha —dijo Nachtigall después de alguna vacilación—, si yo le permitiera a alguien en el mundo..., pero ¿cómo se podría hacer? —Y de repente—: ¿Te atreverías?

—Extraña pregunta —dijo Fridolin en el tono ofendido que emplearía un miembro de asociación estudiantil.

—No me refiero a eso.

—Entonces, ¿qué quieres decir realmente? ¿Por qué se necesita un coraje tan especial en esta ocasión? ¿Qué te puede pasar? —Se rio brevemente y de manera despectiva.

—A mí no me puede pasar nada, a lo sumo que hoy por última vez..., pero quizá sea así de todas maneras. Se calló y volvió a mirar por la rendija de las cortinas.

—Y bien, ¿entonces?

—¿Qué quieres decir? —preguntó Nachtigall como desde un sueño.

—Sigue contando. Ya que has empezado... ¿Reunión secreta, sociedad privada, huéspedes invitados?

—No lo sé. La última vez serían unas treinta personas; la primera vez, solo dieciséis.

—¿Un baile?

—Por supuesto, un baile. —Pareció arrepentirse de haber hablado.

—¿Y tú tocas para animarlo?

—¿Por qué dices para animarlo? No sé por qué toco. Realmente no lo sé. Yo toco y toco... y con los ojos vendados.

—Pero, Nachtigall, ¿qué me estás contando?

Nachtigall suspiró suavemente.

—Pero, lamentablemente, la venda no está del todo apretada. No es que no pueda ver nada. A través del pañuelo de seda negro que cubre mis ojos puedo ver en el espejo... —De nuevo se quedó en silencio.

—En una palabra —dijo Fridolin con impaciencia y desdén, aunque se sentía extrañamente agitado—, tías desnudas.

—No digas tías, Fridolin —respondió Nachtigall como si se ofendiera—, nunca has visto mujeres así.

Fridolin carraspeó un poco.

—¿Y cuánto cuesta la entrada? —preguntó como de pasada.

—¿Te refieres a cómo se entra y demás? ¡Ja, qué ocurrencias!

—¿Cómo se entra? —preguntó Fridolin en voz baja, tamborileando con los dedos sobre la mesa.

—Tienes que saber la contraseña, que cada vez es diferente.

—¿Y la de hoy?

—Aún no la sé. Solo la sabré cuando me lo diga el cochero.

—Llévame contigo, Nachtigall.

—Imposible, demasiado peligroso.

—Hace un minuto tú mismo pretendías... *permitírmelo.* Tiene que ser posible.

Nachtigall lo miró inquisitivamente:

—Tal como estás, no podrías en absoluto, porque todos van enmascarados, hombres y mujeres. ¿Tienes una máscara contigo o algo así? Imposible. Quizás la próxima vez. Ya pensaré algo. —Se puso a escuchar y de nuevo miró a través del hueco de la cortina hacia la calle y exhaló un suspiro de alivio—: Ahí está el coche. Adiós.

Fridolin lo cogió con fuerza del brazo.

—No te saldrás con la tuya. Me llevarás contigo.

—Pero colega...

—Déjamelo a mí. Ya sé que es *peligroso,* tal vez eso es lo que me atrae.

—Ya te he dicho que sin disfraz ni máscara...

—Hay tiendas de alquiler de disfraces.

—¿A la una de la madrugada?

—Escúchame, Nachtigall. Hay una tienda de esas en la esquina de Wickenburgstrasse. Todos los días paso

49

un par de veces por delante del escaparate. —Y apresuradamente, con creciente entusiasmo, añadió—: Tú,
Nachtigall, te quedas aquí un cuarto de hora, mientras yo pruebo suerte allí. El propietario de la casa de
disfraces probablemente viva en la misma casa. Si no
es así, desisto de ello. El destino deberá decidir. Hay
una cafetería en el mismo edificio, creo que se llama
Café Vindobona. Dile al cochero... que has olvidado
algo en el café; después entras y yo estaré esperando
cerca de la puerta, me dices rápidamente la contraseña y vuelves al coche. Si he tenido éxito en conseguir
un disfraz, tomaré otro coche, te seguiré... Lo demás
vendrá por sí mismo. Asumo tu riesgo, Nachtigall, te
doy mi palabra de honor, en cualquier caso.

Nachtigall había intentado varias veces interrumpir
a Fridolin, pero en vano. Fridolin echó un billete sobre la mesa con una propina excesivamente grande,
como correspondía al estilo de la noche, y se fue. Fuera estaba parado un carruaje cerrado, con el cochero,
todo de negro y con sombrero de copa alto, sentado
inmóvil en el pescante. «Parece una carroza fúnebre»,
pensó Fridolin. Después de varios minutos a paso rápido, llegó a la casa de la esquina que buscaba. Llamó
y preguntó al portero si el alquilador de disfraces, Gibiser, vivía allí. En secreto, esperaba que no fuera así.
Pero Gibiser efectivamente vivía allí, en el piso de
debajo del establecimiento de alquiler. El portero ni
siquiera parecía particularmente asombrado por la
intempestiva visita, sino más bien afable por la consi-

derable propina de Fridolin, y reparó en que durante el carnaval no era tan raro que la gente viniera a esas horas nocturnas a alquilar disfraces. Con la vela, lo fue alumbrando hasta que Fridolin tocó el timbre del primer piso. Herr Gibiser, como si hubiera estado esperando, abrió él mismo la puerta. Demacrado, sin barba y calvo, vestía una bata de flores pasada de moda y una gorra turca con borla, de modo que parecía un ridículo viejo en escena. Fridolin expuso su pretensión y mencionó que el precio era irrelevante, por lo que el señor Gibiser comentó casi con desdén:

—No cobro más de lo que corresponde, nada más.

Por una escalera de caracol condujo a Fridolin al almacén. Olía a seda, terciopelo, perfume, polvo y flores secas; en la oscuridad del entorno se percibían destellos plateados y rojos. De repente, una multitud de lucecitas brillaron entre armarios abiertos en un pasillo estrecho y largo que se perdía en la oscuridad. Todo tipo de disfraces colgaba a derecha e izquierda; a un lado, caballeros, escuderos, campesinos, cazadores, eruditos, orientales, necios; al otro lado, damas de honor, damiselas de corte, campesinas, camareras, reinas de la noche. Por encima de los disfraces se veían los correspondientes tocados y Fridolin se sentía como si caminara por una avenida de ahorcados que estuvieran invitándole a bailar. El señor Gibiser lo seguía.

—¿El caballero tiene algún deseo especial? ¿Louis Quatorze? ¿Directorio? ¿Alemán de antaño?

—No necesito más que una túnica oscura de monje y una máscara negra.

En ese momento se oyó un tintineo de cristales al final del pasillo. Fridolin miró sorprendido al mercader de disfraces, como si estuviera obligado a dar una explicación inmediatamente. El propio Gibiser, sin embargo, se mantuvo rígido, tanteó en busca de un interruptor escondido en alguna parte y una luz deslumbrante se derramó de inmediato hasta el final del pasillo, donde se podía ver una pequeña mesa cubierta con platos, vasos y botellas. Dos jueces de la Santa Fema[4] en túnica roja se levantaron de las dos sillas que estaban a derecha e izquierda, mientras una graciosa y delicada figura desaparecía en ese mismo momento. Gibiser salió disparado a grandes zancadas, se abalanzó sobre la mesa y agarró una peluca blanca, al tiempo que una preciosa y joven muchacha, casi una niña, en traje de *pierrette* y medias de seda blanca, salía reptando desde debajo de la mesa y por el pasillo llegaba corriendo hasta Fridolin, quien no tuvo más remedio que acogerla entre sus brazos. Gibiser había dejado caer la peluca blanca sobre la mesa y agarró a los jueces de la Santa Fema a derecha e izquierda por los pliegues de sus túnicas. Al mismo tiempo, gritó a Fridolin:

—Señor, aguante a la cría por mí. —La pequeña se apretó contra Fridolin como si él tuviera que proteger-

4. Die Heilige Vem (o Fehme) era una institución judicial alemana vigente en la Edad Media.

la. Su pequeño rostro alargado estaba empolvado de blanco y cubierto con algunos parches cosméticos; un aroma a rosas y polvos se elevaba de sus delicados pechos; sus ojos sonreían llenos de picardía y lujuria.

—Los caballeros —exclamó Gibiser— se quedarán aquí hasta que los entregue a la policía.

—¿Pero qué ocurrencias tiene? —exclamaron ambos. Y como si solo fueran una boca—: No hicimos más que aceptar una invitación de la señorita.

Gibiser soltó a los dos, y Fridolin le oyó cómo les decía:

—Me tendrán que proporcionar más información. ¿O no vieron de inmediato que se trataba de una loca? —Y volviéndose hacia Fridolin—: El caballero perdonará el incidente.

—Oh, no importa —dijo Fridolin. Él habría preferido quedarse o llevarse a la pequeña con él, donde fuera y con las consecuencias que hubiera tenido. Ella lo miró seductora e infantil, como hechizada. Los jueces de la Fema, al final del pasillo, seguían hablando excitados. Gibiser se volvió hacia Fridolin con tono impersonal y le preguntó:

—Caballero, ¿quiere una túnica, un sombrero de peregrino, una máscara?

—No —dijo la *pierrette* con ojos brillantes—. A este señor debes darle una capa de armiño y un jubón de seda roja.

—Tú no te muevas de aquí —dijo Gibiser, mientras señalaba una túnica oscura que colgaba entre la de un mercenario y la de un senador veneciano—. Esta es de su talla, aquí tiene el sombrero correspondiente; tómelo, rápido.

De nuevo se hicieron sentir los jueces de la Santa Fema:

—Señor Chibisié —dijeron pronunciando el nombre Gibiser en francés, para gran asombro de Fridolin—, debe dejarnos salir de inmediato.

—De eso ni hablar —respondió el comerciante con desdén—. Por el momento tendrán la amabilidad de esperar aquí hasta que vuelva.

Mientras tanto, Fridolin se puso la túnica, ató los extremos del cordón blanco que colgaba en un nudo. Gibiser, de pie en una escalerilla estrecha, le alcanzó un sombrero negro de peregrino de ala ancha y Fridolin se lo puso; pero hizo todo esto como si lo obligara, porque cada vez más sentía que era su deber quedarse y estar junto a la *pierrette,* que corría un peligro inminente. La máscara que Gibiser le puso ahora en la mano y que se probó de inmediato olía a un perfume extraño, algo repugnante.

—Ve delante de mí —le dijo Gibiser a la niña, y señaló de manera imperiosa las escaleras. La *pierrette* se volvió, miró al final del pasillo y se despidió con nostalgia y alegría. Fridolin siguió su mirada; ya no había jueces de la Fema allí, sino dos jóvenes y delgados caballeros en frac y corbata blanca, aunque ambos tenían todavía las máscaras rojas en la cara. La *pierrette* descendió ágilmente por la escalera de caracol, Gibiser la siguió y Fridolin bajó detrás de ellos. En el recibidor de la planta baja, Gibiser abrió una puerta que conducía a las habitaciones interiores y le dijo a la *pierrette:*

—Y ahora te vas inmediatamente a la cama, criatura malvada; ya hablaremos en cuanto haya saldado las cuentas con los señores de arriba.

Ella se detuvo en la puerta, blanca y delicada, y dirigiendo una mirada triste a Fridolin, sacudió la cabeza. A la derecha, en un gran espejo de pared, Fridolin vio a un peregrino demacrado que no era otro que él mismo, y se asombró de lo naturales que le resultaban las cosas. La *pierrette* había desaparecido, el viejo alquilador de máscaras cerró detrás de ella. Luego abrió la puerta de la vivienda e invitó a Fridolin hacia la escalera.

—Perdóneme —dijo Fridolin—, ¿cuánto le debo?

—Déjelo, señor, el pago se hará cuando lo devuelva, confío en usted.

Pero Fridolin no se movió:

—¿Me jura que no castigará a la pobre niña?

—¿Por qué le importa, caballero?

—He oído antes que llamaba loca a la niña... y hace poco la ha calificado de criatura malvada. Una contradicción evidente, no podrá negarlo.

—Y bien, señor —replicó Gibiser con tono teatral—. ¿Acaso el loco no es quizás malvado ante Dios?

Fridolin negó disgustado.

—En todo caso —observó a continuación—, algún remedio habrá. Soy médico. Mañana hablaremos del asunto.

Gibiser se rio con desprecio y en silencio. De repente, la luz se encendió en la escalera, la puerta entre Gibiser y Fridolin se cerró y el cerrojo se escuchó de inmediato. Mientras bajaba las escaleras, Fridolin se quitó el sombrero, el hábito y la máscara y se puso todo bajo el brazo; el portero le abrió la verja. El coche fúnebre estaba parado enfrente con el cochero inmóvil en el pescante. Nachtigall se estaba preparando para salir del café y no parecía muy contento de que Fridolin llegara a tiempo.

—¿Así que conseguiste el disfraz adecuado?

—Como puedes ver. ¿Y el lema?

—¿Así que insistes en ello?

—Absolutamente.

—Bien, pues la consigna es Dinamarca.

—¿Estás loco, Nachtigall?

—¿Por qué loco?

—No, por nada... Es que el verano pasado estuve en la costa danesa. Bueno, móntate, pero despacio, para que tenga tiempo de coger un coche ahí.

Nachtigall asintió con la cabeza, encendió lentamente un cigarrillo, mientras Fridolin cruzaba con rapidez la calle, tomaba un coche de punto e indicó al cochero en un tono inofensivo, como si se tratara de una broma, que siguiera la carroza fúnebre que acababa de arrancar frente a ellos. Cruzaron la Alserstrasse, luego pasaron por debajo de un viaducto ferroviario y llegaron hasta los barrios de las afueras por desiertas calles secundarias mal iluminadas. Fridolin consideró la posibilidad de que el cochero de su *fiacre* perdiera el rastro del que iba delante; pero cada vez que asomaba la cabeza por la ventana abierta al aire anormalmente cálido, siempre veía a una distancia discreta el otro carruaje delante del suyo y el cochero del alto sombrero de copa negro seguía sentado inmóvil en el pescante. «Esto podría terminar mal», pensó Fridolin. Todavía podía sentir el aroma de rosas y polvo que exhalaban los pechos de la *pierrette*. «¿Qué novela extraña estoy viviendo? —se preguntó—. No debería continuar, tal vez no sea prudente. ¿Realmente dónde estoy ahora?»

El camino ascendía entre modestas casas de campo en una suave pendiente. En ese momento le pareció que ya sabía dónde se encontraba. Años atrás, sus paseos lo habían traído a veces por aquella zona: le debían de estar llevando por el Galitzinberg. Allá abajo, a su izquierda veía la ciudad borrosa en la niebla y en la que brillaban miles de luces. Detrás de él escuchó el ruido de unas ruedas sobre el pavimento. Se asomó por la ventanilla y miró hacia atrás. Dos coches le seguían, extremo que le agradó, pues así no daría nada que sospechar al fúnebre cochero.

De repente, con un tirón violento, el coche giró y entre rejas, paredes y pendientes continuó cuesta abajo. Fridolin pensó que ya era hora de enmascararse. Se quitó la pelliza y se puso el hábito, tal como solía meterse las mangas de su bata de lino todas las mañanas en la sala del hospital; y, como si se tratara de un alivio, pensó en el hecho de que en unas horas, si todo iba bien, estaría andando entre las camas de sus pacientes como cada mañana: un médico servicial.

El coche se detuvo. «¿Qué pasaría —pensó Fridolin— si no saliera del coche y me volviera de inmediato? Pero ¿adónde? ¿Con la pequeña *pierrette*? ¿Con la puta de la Buchfeldgasse? ¿Con Marianne, la hija del difunto? ¿A casa?». Y con un ligero escalofrío se dio cuenta de que no había ningún lugar que ansiara menos. ¿O sería porque ese camino le parecía el más lejano? «No, no puedo volver —se dijo—. Adelante en mi camino, aunque me lleve a la muerte». Se rio de la gran frase, pero no se sintió muy alegre al respecto.

La puerta del jardín estaba abierta de par en par. La carroza fúnebre que iba delante se adentraba cada vez más en el barranco o en la oscuridad que a él le parecía tal. Nachtigall ya se había bajado. Fridolin saltó rápidamente del *fiacre* y dio instrucciones al cochero para que esperara su regreso en la parte superior de la curva todo el tiempo que fuera necesario. Y para asegurarse, le pagó generosamente por adelantado y le prometió una cantidad igual para el viaje de regreso. Los coches que lo habían seguido se acercaron. Del primero, Fridolin vio descender a una mujer con velo. Luego entró en el jardín y se puso la máscara. Un camino estrecho, iluminado desde la casa, conducía hasta el portón, cuyos dos batientes se abrieron y Fridolin se vio en un estrecho vestíbulo blanco. Resonaba una música de armonio y dos sirvientes con librea oscura, con los rostros ocultos con una máscara gris, estaban de pie a cada lado.

—¿Contraseña? —le susurraron a dúo.

Él respondió:

—Dinamarca.

Uno de los sirvientes tomó su abrigo de piel y desapareció con él en una habitación contigua; el otro abrió una puerta y Fridolin entró en un alto pasillo en penumbra, casi oscuro, cuyas paredes estaban cubiertas con seda negra. Personas disfrazadas con vestimentas de impronta a todas luces religiosa se paseaban arriba y abajo; serían unas dieciséis o veinte personas, monjes y monjas. El armonio, cuyo sonido iba creciendo paulatinamente, parecía dejar caer desde lo alto una melodía sacra italiana. En un rincón de la sala había un pequeño grupo, tres monjas y dos monjes; desde allí se habían dirigido fugazmente a él, después, como de manera intencionada, se retiraban. Fridolin advirtió que era el único que llevaba cubierta la cabeza; se quitó el sombrero de peregrino y se puso a caminar de un lado a otro de la forma más inofensiva posible; un monje le rozó el brazo y le saludó con la cabeza; sin embargo, detrás de la máscara una mirada perforó profundamente durante un segundo los ojos de Fridolin. Una fragancia extraña y seductora, como de los jardines del sur, lo envolvió. Una vez más, un brazo lo rozó. Esta vez era el de una monja. Como las otras, también ella tenía un velo negro que envolvía su cabeza y cuello, y una boca roja como la sangre brillaba bajo las puntillas de seda negra de la máscara. «¿Dónde estoy? —pensó Fridolin—. ¿Estoy entre locos? ¿Entre conspiradores? ¿Me he colado en la congregación de alguna secta religiosa?». ¿Quizás a Nachtigall se le habría ordenado y pagado para que trajera a alguna persona no iniciada para gastarle una broma? Pero todo parecía demasiado serio, demasiado monótono, demasiado aterrador para un juego de disfraces. Una voz femenina se había unido a los sonidos del armonio y una antigua aria religiosa italiana sonaba en toda la sala. Todos se quedaron quietos y parecían estar escuchando. Fridolin también se entregó por un momento a la melodía que iba creciendo maravillosamente. De repente una voz femenina susurró detrás de él:

—No se vuelva hacia mí. Todavía está a tiempo de irse. Usted no pertenece a esto. Si le descubren, lo va a pasar mal.

Fridolin se sobresaltó. En un primer momento pensó en seguir la advertencia. Pero la curiosidad, la tentación y sobre todo su orgullo eran más fuertes que cualquier consideración. «Ya estoy metido en ello —pensó—, vamos a ver cómo acaba». Y negó con la cabeza sin darse la vuelta. Entonces la voz susurró detrás de él:

—Lo siento por usted.

Fue entonces cuando se dio la vuelta. Vio una boca roja como la sangre que brillaba a través de las puntillas de la máscara y cómo unos ojos oscuros se clavaban en los suyos.

—Me quedo —dijo en un tono heroico que no reconoció como suyo, y volvió a apartar la cara. El canto iba creciendo maravillosamente y el armonio desgranaba una nueva melodía que ya no era religiosa, sino mundana, exuberante y poderosa como si surgiera de un órgano; Fridolin, mirando a su alrededor, notó que todas las monjas habían desaparecido y que solo había monjes en el salón. Mientras tanto, el canto de la voz también había pasado, a través de un trino ingeniosamente ascendente, de su oscura seriedad a una exultante luminosidad; pero en lugar del armonio, de manera descarada un piano había introducido sones más terrenales. Fridolin reconoció inmediatamente el toque salvaje y provocador de Nachtigall, y la voz femenina, anteriormente tan noble, se había alejado a través del techo hacia el infinito en un grito final, chillón y voluptuoso. A derecha e izquierda se abrieron las puertas y a un lado Fridolin reconoció los contornos en penumbra de la figura de Nachtigall al piano; la habitación de enfrente destellaba en una claridad cegadora, y mujeres inmóviles, todas con velos oscuros en sus cabezas, frentes y cuellos, y negras máscaras puntiagudas sobre la cara, estaban completamente desnudas. Los ojos de Fridolin vagaban ansiosos de unas figuras exuberantes a otras más esbeltas, de unas figuras delicadas a otras ya maduras pero todavía espléndidas. El hecho de que cada una de aquellas mujeres desnudas siguiera siendo un secreto y el que desde las negras máscaras brillasen grandes ojos como el enigma más insoluble, transformaba su indecible placer visual en un casi insoportable deseo agónico. Pero lo que a él le pasaba les sucedía también a los demás. Las iniciales respiraciones de deleite se convirtieron en suspiros que sonaban como un profundo dolor; un grito vino de alguna parte, y de repente, como si fueran perseguidos, todos, ya sin sus túnicas de monje, sino en elegantes trajes de caballero de color blanco, amarillo, azul y rojo, se lanzaron desde la habitación en penumbra hacia las mujeres, donde una risotada loca casi maligna los recibió. Fridolin fue el único que se quedó con el hábito de monje y, algo asustado, se apartó hasta el rincón más alejado donde estaba Nachtigall, que le daba la espalda. Fridolin vio que Nachtigall llevaba una venda alrededor de los ojos, pero al mismo tiempo creyó notar cómo detrás de este vendaje sus ojos perforaban el alto espejo que tenía delante, en el que los caballeros de colores brillantes giraban con sus bailarinas desnudas.

De repente, una de las mujeres se paró junto a Fridolin y susurró, ya que nadie pronunciaba una palabra en voz alta, como si las voces tuvieran que permanecer en secreto:

—¿Por qué estás tan solo? ¿Por qué te excluyes de la danza?

Fridolin vio que dos caballeros lo habían estado observando con atención desde el otro rincón, y sospechó que la criatura que tenía a su lado, de rasgos infantiles y algo desgarbada, había sido enviada para probarlo y tentarlo. No obstante, extendió los brazos para acercarla hacia sí, cuando otra de las mujeres se separó de su compañero de baile y corrió directamente hacia Fridolin. Supo de inmediato que era la mujer que ya le había avisado. Ella fingió verlo por primera vez y susurró, aunque tan audiblemente que tuvieron que escucharla también en el otro rincón de la sala:

—¿Finalmente has vuelto? —Y riendo alegremente—: Todo es en vano, te han reconocido. —Entonces se volvió hacia la muchacha de rasgos infantiles—: Déjamelo a mí dos minutos. Después podrás tenerlo de nuevo, si quieres, hasta la mañana. —Y en voz baja, casi con alegría y vuelta hacia ella—: Es él, sí, es él.

Y la otra, maravillada:

—¿De veras? —Y se fue como flotando al rincón con los caballeros.

—No preguntes —dijo la mujer que se quedó detrás de Fridolin—, y no te sorprendas por nada. He tratado de engañarlos, pero te lo digo ya: no funcionará a la larga. Escapa antes de que sea demasiado tarde. Y en cualquier momento puede ser demasiado tarde. Y ten cuidado de que nadie te siga. Nadie debe saber quién eres. La tranquilidad, la paz de tu existencia se acabaría para siempre.

»¡Vete!

—¿Te volveré a ver?

—Imposible.

—Sí es así, me quedo.

Un temblor recorría el cuerpo desnudo de ella y se transmitía a Fridolin, a quien casi le nublaba los sentidos.

—Lo más que puedo poner en juego es mi vida —dijo— y tú ahora la vales. —Él la tomó de las manos e intentó acercarla.

Ella susurró de nuevo, como desesperada:

—¡Vete!

Él se rio y se escuchó a sí mismo como si hablase en sueños.

—Puedo ver dónde estoy. ¡No solo estáis aquí para excitaros con la vista! Solo te estás burlando de mí para volverme loco.

—¡Se está haciendo demasiado tarde, vete!

Fridolin no quiso escucharla.

—Aquí tiene que haber habitaciones secretas, a las que puedan retirarse las parejas que se han formado ¿O es que aquí se despiden todos con un elegante beso de mano? No parece que sea así.

Y señaló a las parejas que en la habitación contigua, llena de espejos y muy iluminada, bailaban a los frenéticos sonidos del piano: cuerpos blancos acariciados por vestidos de seda azul, roja y amarilla. Era como si ahora nadie se preocupara de él y de la mujer a su lado; estaban completamente solos en la penumbra del centro de la sala.

—Vana esperanza —susurró—. Aquí no existen las habitaciones que tú te imaginas. Te queda un minuto. ¡Huye!

—Ven conmigo.

Ella negó con la cabeza con violencia, como desesperada.

Fridolin se rio de nuevo y no reconoció su risa:

—Te estás burlando de mí. ¿Acaso estos hombres y mujeres han venido aquí solo para excitarse y luego despreciarse unos a otros? ¿Quién puede prohibirte que vengas conmigo, si quieres?

Ella exhaló un profundo suspiro e inclinó la cabeza.

—Ah, ya lo entiendo —dijo él—. Es el castigo que dais a cualquiera que se cuela sin ser invitado. No habríais podido idear uno más cruel. ¡Ahórramelo, perdónamelo, imponme cualquier otra pena con tal de que no me tenga que ir sin ti!

—Estás loco. No puedo irme de aquí ni contigo ni con cualquier otra persona. Y quienquiera que intentara seguirme habría perdido su vida.

Fridolin estaba como embriagado, no solo de ella, de su cuerpo fragante, de su boca de un rojo intenso: no solo de la atmósfera de la habitación, de los secretos voluptuosos que lo rodeaban allí; estaba ebrio y sediento al mismo tiempo por todas las experiencias de esa noche, ninguna de las cuales había terminado; ebrio de sí mismo, de su osadía, del cambio que sentía en sí mismo. Y con sus manos tocó el velo que envolvía su cabeza, como si quisiera bajarlo.

Ella agarró sus manos.

—Una noche se le ocurrió a uno quitar el velo de la frente a una de nosotras mientras bailábamos. Le

arrancaron la máscara de la cara y lo sacaron a basto-
nazos.

—¿Y... la mujer?

—Es posible que hayas leído acerca de una hermosa
joven..., fue solo hace unas semanas. Se envenenó el
día antes de su boda.

En efecto, lo recordaba, incluso su nombre. Lo
mencionó. ¿No era una muchacha de alta alcurnia
prometida de un príncipe italiano?

Ella asintió.

De repente, uno de los caballeros, el más destacado
de todos, el único de traje blanco, estaba junto a ellos
y con una breve, cortés, pero al mismo tiempo imperiosa reverencia, invitó a bailar a la mujer con la que
Fridolin estaba hablando. Por un momento, Fridolin
se quedó perplejo. Pero el otro ya la había abrazado y
se había ido con ella hacia las otras parejas en la habitación contigua que estaba iluminada.

Fridolin se encontró solo, y este repentino abando-
no cayó sobre él como la escarcha. Miró a su alrededor. En ese momento nadie parecía preocuparse por
él. Quizás esa era la última oportunidad para salir im-
pune. ¿Qué era lo que le mantenía hechizado en su
rincón, donde ahora podía sentirse invisible e inad-
vertido: la vergüenza de una retirada ignominiosa y
algo ridícula, el deseo insatisfecho y agonizante por el
cuerpo de aquella mujer maravillosa, cuyo aroma aún
flotaba en torno a él? ¿O la consideración de que todo
lo que había sucedido hasta entonces podía haber

sido una prueba de su coraje y que la espléndida mujer sería su premio? Él mismo no lo sabía. En cualquier caso, tenía claro que esta tensión ya no se podía aguantar más y que a toda costa tenía que poner fin a esta situación. Cualquier cosa que decidiera hacer no podía costarle la vida. Quizás estuviera entre tontos o libertinos, pero lo que era cierto es que no se trataba de mozalbetes o criminales. Y se le ocurrió que debía meterse entre ellos, confesarse un intruso y como un caballero desafiarles a un duelo. Solo de esa manera, como en un noble acorde, podía permitir que terminara esa noche, si es que significaba más que una sucesión sombría y desolada de aventuras oscuras, lúgubres, extrañas y lujuriosas, ninguna de las cuales había podido vivir hasta el final. Y con un suspiro de alivio se dispuso a ello.

En ese momento, sin embargo, alguien susurró a su lado:

—¡La contraseña!

Un caballero de negro se le había acercado repentinamente y, como Fridolin no respondiera de inmediato, hizo su pregunta por segunda vez.

—Dinamarca —dijo Fridolin.

—Exacto, señor, esa es la contraseña para la entrada. ¿La contraseña para la casa, por favor?

Fridolin guardó silencio.

—¿No tiene la amabilidad de decirnos la contraseña para entrar en la casa? —El tono era de lo más cortante.

Fridolin se encogió de hombros. El otro se acercó al centro de la habitación y levantó la mano: el piano quedó en silencio y el baile se interrumpió. Se adelantaron otros dos caballeros, uno de amarillo y otro de rojo.

—La contraseña, caballero —dijeron ambos al mismo tiempo.

—La he olvidado —respondió Fridolin con una sonrisa vacía y una sensación de tranquilidad.

—Eso es una auténtica desgracia —dijo el señor de amarillo—, porque aquí es lo mismo olvidar la contraseña como no haberla sabido nunca.

Otras máscaras masculinas irrumpieron en la sala y las puertas de ambos lados se cerraron. Fridolin era el único en túnica de monje en medio de los caballeros vestidos de los colores más diversos.

—¡Quítese la máscara! —gritaron algunos al unísono. Como para protegerse, Fridolin extendió los brazos hacia delante. En ese momento, ser el único desenmascarado entre toda aquella gente enmascarada le habría parecido mil veces peor que si de repente se hubiera visto desnudo entre gente vestida. Y con voz firme, dijo:

—Si alguno de los caballeros se sintiera ofendido en su honor por mi presencia, me declaro dispuesto a darle satisfacción de la manera habitual. Pero solo me quitaré la máscara en caso de que todos hagan lo mismo, caballeros.

—Esto no es una cuestión de satisfacción —dijo el caballero vestido de rojo, que aún no había hablado—, sino de expiación.

—¡Quítese la máscara! —ordenó otro con una voz potente y chillona que a Fridolin le recordó el tono de comando de un oficial—. Se le dirá lo que le espera a la cara y no a su máscara.

—No me la voy a quitar —dijo Fridolin en un tono aún más agudo—, ¡y ay de aquel que se atreva a tocarme!

De repente, el brazo de un desconocido se había extendido hacia su cara, como para arrancarle la máscara, cuando de repente se abrió una puerta y una de las mujeres —Fridolin no podía dudar de quién era— apareció vestida de monja, como lo había hecho la primera vez que la había visto. Detrás de ella, en la habitación totalmente iluminada, se podía ver a las demás mujeres, desnudas y con los rostros cubiertos, apiñadas, mudas, como una multitud intimidada. Pero de inmediato la puerta volvió a cerrarse.

—Dejadlo —dijo la monja—. Estoy dispuesta a liberarlo.

Hubo un breve y profundo silencio, como si hubiera sucedido algo monstruoso; después, el caballero de negro, quien primeramente había exigido la consigna a Fridolin, se dirigió a la monja con estas palabras:

—Sabes a lo que te estás enfrentando.

—Lo sé.

Un alivio profundo pareció atravesar la habitación.

—Queda usted libre —le dijo el caballero a Fridolin—. Abandone esta casa, nadie le va a molestar, pero guárdese bien de investigar los secretos en cuya antesala se ha introducido. Si intenta poner a alguien sobre nuestra pista, tenga éxito o no, estará perdido.

Fridolin se quedó inmóvil.

—¿De qué manera se supone que esta mujer me libera? —preguntó. No hubo respuesta. Unos brazos le indicaron la puerta como señal de que debía irse de inmediato. Fridolin negó con la cabeza—. Hagan lo que quieran de mí, señores, no permitiré que ningún otro ser humano pague por mí.

—No cambiarías nada la suerte de esta mujer —dijo el caballero de negro con mucha suavidad—. Cuando aquí se ha hecho una promesa, no hay vuelta atrás.

La monja asintió lentamente, como confirmando:

—¡Vete! —le dijo a Fridolin.

—No —respondió elevando el tono—. La vida no tiene ningún valor para mí, si tengo que irme de aquí sin ti. De dónde vienes o quién eres, no quiero saberlo. Qué puede significar para ustedes, mis desconocidos caballeros, que jueguen esta comedia de carnaval hasta el final o no, sin importar si tiene un final serio. Sean quienes sean, señores, en cualquier caso llevan una existencia diferente a esta. Pero yo ya no hago ninguna comedia más, ni siquiera aquí, y si me han obligado a hacerlo, ahora mismo lo dejo. Me doy cuenta de que me he metido en un destino que nada tiene que ver con esta estupidez: les diré mi nombre, me quitaré la máscara y aceptaré todas las consecuencias.

—¡Abstente! —exclamó la monja—. ¡Te arruinarías tú sin salvarme a mí! ¡Vete! —Y volviéndose hacia los demás—: Aquí estoy, a su entera disposición.

Como por arte de magia, el vestido negro se deslizó de su cuerpo y allí estaba ella en todo el esplendor de su blanca desnudez; echó mano al velo que estaba enrollado alrededor de su frente, cabeza y cuello, y con un maravilloso movimiento circular lo desató. El velo cayó al suelo y su oscuro cabello descendió sobre los hombros, el pecho y la espalda, si bien antes de que Fridolin pudiera captar la imagen de su rostro, fue agarrado por unos brazos irresistibles, arrancado y empujado hacia la puerta. En un momento estaba en la antesala, la puerta se cerraba detrás de él, un criado enmascarado le trajo el abrigo de piel, le ayudó a ponérselo y la puerta principal se abrió. Como impulsado por una fuerza invisible, se apresuró a alejarse; se encontró en la calle, la luz detrás de él se apagó, miró a su alrededor y vio la casa en silencio con las ventanas cerradas por las que no salía ninguna luz. «Antes de nada debo memorizar todo exactamente —pensó—. Tengo que encontrar la casa de nuevo, lo demás vendrá por sí mismo».

A su alrededor todo estaba oscuro; a cierta distancia por encima de él, donde se suponía que debía estar esperándole su coche, una linterna brillaba con un rojo apagado. Desde el fondo del callejón llegó la carroza fúnebre como si la hubiera llamado. Un criado le abrió la puertecilla.

—Tengo mi coche —dijo Fridolin. El criado negó con la cabeza—. Si se ha ido, regresaré a la ciudad a pie.

El criado respondió con un movimiento de la mano de manera tan inequívoca que descartaba cualquier contradicción. El sombrero de copa del cochero destacaba de manera ridícula en la noche cerrada. El viento soplaba fuerte; nubes violetas surcaban el cielo. Después de las experiencias que había tenido hasta ese momento, Fridolin no tenía la menor duda de que no le quedaba más remedio que subirse al carruaje, que partió inmediatamente una vez que él se hubo montado. Fridolin estaba decidido a resolver aquella aventura tan pronto como tuviera ocasión. Le parecía que su existencia ya no tendría el menor sentido si no lograba reencontrar a la misteriosa mujer que a estas horas estaba pagando el precio de su salvación. De qué tipo de mujer se trataba era una cuestión fácil de adivinar. Pero ¿qué razón podía tener ella para sacrificarse por él? ¿Sacrificarse? ¿Pero acaso era una mujer a quien aquello que le esperaba, lo que ahora soportaba, significaba un sacrificio? Si participaba en estas sociedades, y hoy sin duda no podía ser la primera vez, ya que estaba al tanto de las costumbres, ¿qué le importaba depender de uno de estos caballeros o de todos? Sí, ¿podría ser algo más que una puta? Todas aquellas mujeres, ¿podrían ser otra cosa? Putas, no había duda. Incluso aunque todas llevasen junto a esta vida, sin duda, de puta, otra, digamos, burguesa. Y todo lo que acababa de pasar, ¿no sería quizás una broma infame que se habían permitido con él, una broma que ya había estado planeada, preparada, tal vez incluso ensayada para el caso de que alguien entrara a escondidas? Y, sin embargo, cuando pensó de nuevo en aquella mujer que le había avisado desde el principio, que ahora estaba dispuesta a pagar por él... En su voz, en su comportamiento, en la nobleza real de su cuerpo desnudo había algo que no podía ser mentira. ¿O quizás solo con su repentina aparición, Fridolin había obrado una trasformación milagrosa? Después de todo lo que le había sucedido esa noche, sin percatarse de la dosis de vanidad que en este pensamiento había, no consideraba en absoluto imposible un milagro semejante. «Quizás haya horas, noches —pensó—, en las que un encanto tan extraño e irresistible sale de hombres que, en circunstancias normales, tienen poco poder sobre el sexo opuesto».

El carruaje siguió subiendo la colina. Si las cosas iban bien, debería haber doblado hacia la calle principal hacía mucho tiempo. ¿Qué irían a hacer con él? ¿A dónde tendría que llevarlo el coche? ¿Acaso aquella comedia iba a tener una continuación? ¿Y de qué tipo podía ser? ¿Quizás le darían una explicación? ¿Sería un encuentro feliz en otro lugar? ¿O un premio después de haber pasado con éxito la prueba? ¿Quizás la aceptación en la sociedad secreta o la posesión ilimitada de aquella espléndida monja? Las ventanillas del coche estaban cerradas, Fridolin trató de mirar hacia afuera: eran opacas. Quiso abrir las ventanas, a derecha, a izquierda: imposible. Igual de opaca y cerrada estaba la pared de cristal entre él y el asiento del conductor. Golpeó en la ventana, llamó, gritó..., el coche seguía adelante. Quiso abrir la puerta del coche, a derecha e izquierda: no cedían a ninguna presión y sus repetidos gritos se desvanecían con el crujir de las ruedas y el silbido del viento. El coche empezó a traquetear: iba cuesta abajo, cada vez más rápido. Fridolin, presa de la inquietud, del miedo, estaba a punto de romper una de las ventanillas cuando el coche se detuvo de repente. Ambas puertas se abrieron al mismo tiempo como por un mecanismo, como si, irónicamente, Fridolin tuviera que elegir entre derecha e izquierda. Saltó del coche y las puertas se cerraron de golpe. Sin que el cochero le hubiera prestado la más mínima atención, el coche se alejó por el campo abierto hacia la noche.

El cielo estaba encapotado, las nubes pasaban veloces y silbaba el viento. Fridolin estaba en la nieve, que difundía en el entorno un brillo pálido. Se había quedado solo con el abrigo de piel abierto sobre el hábito de monje y el sombrero de peregrino en la cabeza. No se sentía a gusto. A una cierta distancia discurría una ancha calle. Una fila de farolas que parpadeaban débilmente marcaba la dirección de la ciudad. Pero Fridolin corrió en línea recta, acortando el camino, descendiendo por el campo cubierto de nieve y con una pendiente moderada, para así llegar lo más rápido posible a zona poblada. Con los pies empapados llegó a un callejón estrecho, casi oscuro. Primero caminó entre altas empalizadas que crujían en la tormenta y, al doblar la siguiente esquina, llegó a un callejón algo más ancho, donde las escasas casitas alternaban con solares vacíos en construcción. El reloj de una torre dio las tres de la mañana. Alguien se acercaba a Fridolin, con una chaqueta corta, las manos en los bolsillos del pantalón, la cabeza entre los hombros y el sombrero hundido profundamente en la frente. Fridolin se preparó para el caso que de que se tratara de un atraco, pero inesperadamente y de repente el bribón dio media vuelta y escapó. «¿Qué puede significar esto?», se preguntó Fridolin. Entonces se dio cuenta de que debía de tener una apariencia aterradora. Se quitó el sombrero de peregrino y se abrochó el abrigo bajo el cual se agitaba el hábito del monje hasta los tobillos. Volvió a doblar una esquina y entró en una calle principal del barrio. Un hombre vestido con ropa de campesino pasó a su lado y lo saludó como se saluda a un sacerdote. En la casa de la esquina, la luz de una farola daba en la placa de la calle: Liebhartstal. No estaba muy lejos de la casa que había dejado hacía apenas una hora. Por un segundo estuvo tentado de tomar el camino de regreso y esperar la secuencia de aquel episodio en la proximidad de aquella casa. Pero inmediatamente desistió, considerando que se habría puesto en grave peligro y apenas avanzaría en la solución de aquel acertijo. La idea de lo que pudiera estar sucediendo en la mansión en aquel momento lo llenó de rabia, desesperación, vergüenza y miedo. Este estado de ánimo le resultaba tan insoportable que Fridolin casi lamentó no haber sido atacado por el bribón con el que se había encontrado, y le habría gustado estar tendido con un cuchillo entre las costillas sobre las estacadas de aquel callejón perdido. Al final, esa noche sin sentido, con sus aventuras tontas e inconclusas, habría tenido algún tipo de significado. Volver a casa como ahora estaba a punto de hacer era casi ridículo. Pero todavía nada estaba perdido. Mañana sería otro día. Juró no descansar antes de encontrar a la hermosa mujer cuya cegadora desnudez lo había embriagado. Solo entonces acabó pensando en Albertine, pero como si también a ella tuviera que conquistarla, como si no pudiera, no debiera volver a ser suya antes de verla engañada con todas las demás mujeres de esta noche: con la mujer desnuda, con la *pierrette,* con Marianne, con la puta de la callejuela. ¿Y no debería intentar encontrar al descarado estudiante que se había topado con él para retarle a un desafío, no a pistola, sino a sable? ¿Qué le importaba a él la vida de otra persona o la propia? ¿Debería arriesgarla solo por deber, por espíritu de entrega y nunca por capricho, por pasión o simplemente para medirse con el destino?

Y de nuevo se le ocurrió que tal vez ya tuviera el germen de una enfermedad fatal en su cuerpo. ¿No sería demasiado tonto morir a causa de que un niño con difteria le había tosido en la cara? Quizás ya estuviera enfermo. ¿No tendría fiebre? ¿No sería que en ese momento estaba ya en casa, en la cama, y todo lo que pensaba que había experimentado no había sido más que un delirio?

Fridolin abrió los ojos lo más que pudo, se frotó la frente y las mejillas y se buscó el pulso. No lo tenía acelerado. Todo estaba bien. Estaba completamente despierto.

Continuó calle abajo hacia la ciudad. Unos carros del mercado que venían detrás de él pasaron retumbando, y de vez en cuando se encontraba con personas mal vestidas para quienes el día acababa de comenzar. Detrás de la ventana de una cafetería, en una mesa sobre la cual parpadeaba una llama de gas, se sentaba un hombre grueso con un pañuelo alrededor del cuello que, con la cabeza entre las manos, dormía. Las casas seguían a oscuras, algunas ventanas aisladas empezaban a iluminarse. Fridolin creyó poder escuchar cómo la gente se iba despertando; sintió, como si los estuviera viendo, cómo se estiraban en sus camas y se preparaban para su pobre y amargo día. También él tenía ante sí una larga jornada, pero en absoluto se le auguraba patética o sombría. Y con extrañas palpitaciones del corazón se dio cuenta con alegría de que en unas pocas horas estaría caminando entre las camas de sus pacientes embutido en una bata de lino blanco. En la siguiente esquina encontró un *fiacre* cuyo cochero dormía en el pescante. Fridolin lo despertó, le dio su dirección y montó en él.

Cinco

Eran las cuatro de la mañana cuando subía las escaleras de su vivienda. Antes de nada se dirigió a la sala de consulta para guardar con cuidado el disfraz en un armario y, como quería evitar que Albertine se despertara, se quitó los zapatos y la ropa antes de entrar en el dormitorio. Con cuidado encendió la tenue luz de su lámpara de noche. Albertine estaba tranquilamente echada en la cama, con los brazos debajo de la nuca y los labios entreabiertos; sombras dolorosas la rodeaban; era un rostro que Fridolin no conocía. Se inclinó sobre su frente, que de inmediato se arrugó como si la hubieran tocado; sus facciones se torcieron de manera extraña, y de repente, todavía dormida, se rio de manera tan estridente que Fridolin se sobresaltó. Sin pensarlo la llamó por su nombre. Como en respuesta, ella se rio de nuevo de manera completamente extraña, inquietante. Fridolin la llamó de nuevo y más fuerte. En ese momento abrió los ojos, lentamente, con esfuerzo, y lo miró como si no lo reconociera.

—¡Albertine! —exclamó por tercera vez. Solo entonces ella pareció volver en sí. Una expresión de recelo, de miedo, incluso de horror apareció en sus ojos. Levantó los brazos, absurdamente y como desesperada, y mantuvo su boca abierta.

—¿Qué te pasa? —preguntó Fridolin entrecortadamente. Y como ella aún lo mirara con horror, añadió con calma—: Soy yo, Albertine.

Ella respiró hondo, trató de sonreír, dejó caer los brazos sobre la colcha y como desde la distancia, preguntó:

—¿Ya es de día?

—Pronto lo será —respondió Fridolin—. Son las cuatro pasadas. Acabo de llegar a casa. —Ella no dijo nada y él continuó—: El consejero ha muerto. Ya estaba agonizando cuando llegué y, por supuesto, no podía dejar solos a los familiares.

Ella asintió con la cabeza, pero parecía no haberlo oído o no haberlo entendido. Miraba fijamente al vacío por encima de él y le pareció, por muy absurda que le resultara la idea, como si ella pudiera haberse enterado de aquello que él había experimentado esa noche. Se inclinó sobre ella y le tocó la frente. Ella se estremeció levemente.

—¿Qué te ha pasado? —preguntó de nuevo.

Ella se limitó a negar lentamente con la cabeza. Él le acarició el cabello:

—Albertine, ¿qué te pasa?

—Estaba soñando —dijo como ausente.

—¿Qué soñabas? —preguntó con suavidad.

—Oh, tantas cosas... Realmente no puedo recordarlas.

—Tal vez sí.

—Era todo tan confuso... y estoy cansada. Tú también debes estar cansado, ¿no?

—En absoluto, Albertine. Ya casi no podría dormir. Ya lo sabes, cuando llego tan tarde a casa, lo más sensato es que me siente a trabajar, especialmente a estas horas de la mañana... —Se interrumpió—. ¿Pero no te gustaría contarme algo de tu sueño? —Él sonrió de manera un tanto forzada.

Ella respondió:

—Deberías estirarte un poco.

Vaciló un momento, pero luego él condescendió a su deseo y se tumbó a su lado, si bien tuvo cuidado de no tocarla. «Una espada entre nosotros»[5], pensó, recordando un comentario que había dejado caer medio en broma en una ocasión semejante. Ambos permanecían en silencio, tumbados con los ojos abiertos y sintiendo la cercanía del otro y su distancia. Después de un rato, apoyó la cabeza en el brazo y la miró durante un largo rato, como si pudiera ver mucho más que el contorno de su rostro.

---

5. Alusión a la actitud de Tristán quien, al yacer junto a Isolda, para guardar y testimoniar su castidad, puso una espada entre ellos.

—¡Tu sueño! —dijo de repente otra vez, y fue como si ella solo hubiera esperado esta invitación. Albertine le tendió una mano; él la tomó, y como de costumbre, más bien distraído que con ternura, apretó sus delgados dedos, como en broma. Pero ella comenzó:

—¿Recuerdas la habitación en la pequeña mansión junto al lago Wörthersee donde estuve con mis padres durante el verano en el que nos comprometimos?

Él asintió.

—El sueño comenzaba como sigue: yo entraba en aquella habitación, no sé de dónde, como una actriz en la escena. Solo sabía que mis padres estaban de viaje y me habían dejado sola. Eso me sorprendió, porque al día siguiente era nuestra boda. Pero el vestido de novia aún no estaba allí. ¿O tal vez me equivocaba? Abrí el armario para mirar, y en lugar del vestido de novia había allí gran cantidad de otros vestidos, disfraces en realidad, vestidos de ópera, espléndidos, orientales. «¿Cuál tendré que ponerme para la boda?», pensé. Entonces el armario volvió a cerrarse repentinamente o desapareció, no lo recuerdo. La habitación estaba muy iluminada, pero fuera de la ventana era noche oscura... De improviso estabas parado frente a mí; unos galeotes te habían traído por el mar y solo los vi desaparecer en la oscuridad. Estabas muy bien vestido, de oro y seda, tenías una daga con cinturón de plata colgando de tu costado y, cogiéndome en brazos, me sacaste por la ventana. Yo también estaba maravillosamente vestida, como una princesa; los dos estábamos al aire libre del crepúsculo, y una fina niebla gris nos llegaba hasta los tobillos. La zona me resultaba familiar: estaba el lago y frente a nosotros el paisaje montañoso; también veía las casas de campo, que estaban allí como sacadas de una caja de juguetes. Pero nosotros dos, tú y yo, estábamos flotando, no, volando sobre la niebla, y pensé: «Esta es nuestra luna de miel». Pero pronto dejamos de volar y caminábamos por un sendero forestal, el que lleva a la Elisabethhöhe, y de repente nos encontramos en lo alto de las montañas, en una especie de claro rodeado de bosque por tres lados, mientras que por detrás sobresalía una pared de roca escarpada. Sobre nosotros, sin embargo, un cielo estrellado era tan azul y tan amplio como no existe en realidad, y ese era el techo de nuestra cámara nupcial. Me tomaste en tus brazos y me quisiste mucho.

—Ojalá tú también a mí —dijo Fridolin con una imperceptible sonrisa maliciosa.

—Creo que mucho más que tú —respondió Albertine con gravedad—. Pero ¿cómo puedo explicártelo? A pesar de aquel intimísimo abrazo, nuestra ternura era muy melancólica, como si fuera la premonición de un sufrimiento prefijado. De repente se hizo de día. La pradera estaba bañada de luz y plena de colorido; todo el bosque estaba deliciosamente cubierto de rocío y los rayos del sol temblaban sobre la pared rocosa. Entonces los dos tuvimos que volver al mundo, entre la gente: ya había llegado la hora. Pero sucedió algo terrible. Nuestra ropa había desaparecido. Un horror sin igual se apoderó de mí, una vergüenza abrasadora hasta el punto de que me aniquilaba interiormente y, al mismo tiempo, una ira contra ti, como si solo tú tuvieras la culpa de la desgracia; y todo eso, el horror, la vergüenza, la ira, no se puede comparar en intensidad con ninguna otra cosa que alguna vez haya sentido en estado de vigilia. Pero, consciente de tu culpa, saliste corriendo, desnudo como estabas, para bajar a buscarnos los vestidos. Y cuando desapareciste, me sentí muy aliviada. No sentí pena ni me preocupé por ti, solo me alegré de estar sola; corría feliz por el prado y me puse a cantar: era la melodía de una danza que habíamos escuchado en el salón de baile. Mi voz sonaba maravillosa y deseaba que pudiera ser escuchada en la ciudad. Era una ciudad que no veía, pero sabía que estaba allí. Estaba muy por debajo de mí y estaba rodeada por un alto muro; una ciudad fantástica que no puedo describir. No era ni oriental ni tampoco antiguo-alemana, y sin embargo tan pronto era lo uno como lo otro; en todo caso, era una ciudad que hacía tiempo se había hundido para siempre. Súbitamente yo me encontraba tendida en el prado bajo un sol brillante, mucho más hermosa de lo que nunca fui en realidad, y mientras estaba allí, un caballero, un joven en traje claro de corte moderno, salió del bosque. Se parecía un poco, ahora me doy cuenta, al danés del que te hablé ayer. Continuó su camino, me saludó muy cortésmente cuando pasó a mi lado, pero me ignoró; se dirigió directamente hacia la pared rocosa y la miró con atención, como si se preguntara cómo superarla. Pero al mismo tiempo yo también te veía a ti. En la ciudad hundida, tú te apresurabas de casa en casa, de tienda en tienda, tan pronto bajo las arcadas como en medio de una especie de bazar turco, y comprabas las cosas más hermosas que podías encontrar para mí: vestidos, ropa interior, zapatos, joyas. Metiste todo esto en un pequeño bolso de cuero amarillo en el que había espacio para todo. Pero constantemente te seguía una multitud que yo no conseguía ver; solo oía sus gritos sordos y amenazadores. Y ahora reapareció el otro, el danés, que antes se había detenido frente a la pared rocosa. De nuevo vino hacia mí desde el bosque, y supe que mientras tanto había estado vagando por todo el mundo. Se le veía distinto que antes, pero era el mismo. Como la primera vez que se detuvo frente a la pared rocosa, volvió a desaparecer; luego volvía a salir del bosque, de nuevo desaparecía y salía del bosque; esto se repitió dos, tres, cien veces. Siempre era el mismo y siempre diferente, y cada vez que pasaba a mi lado, me saludaba, pero finalmente se detuvo frente a mí, me miró con mucha atención, yo me reí con sensualidad, como nunca en mi vida me había reído, él extendió los brazos hacia mí y entonces quise huir, pero no pude, y él se dejó caer en el prado junto a mí.

Albertine se calló. Fridolin tenía la garganta seca y en la oscuridad de la habitación notó cómo ella ocultaba su rostro entre las manos.

—Un sueño extraño —dijo—. ¿Así terminó? —Y como ella dijera que no—: Pues sigue.

—No es tan fácil —comenzó de nuevo—. No es fácil expresar estas cosas con palabras. Pero sea: me pareció como si hubiera vivido innumerables días y noches, no había tiempo ni espacio, no era ya el claro rodeado de bosque y rocas donde yo estaba; era una vasta superficie, infinitamente amplia y extendida, llena de flores que se perdía en todas las direcciones del horizonte. Hacía mucho tiempo... (qué extraño ese ¡hacía mucho tiempo!) que ya no estaba sola en el prado con aquel hombre. Pero no podría decir si, además de mí, había tres, diez o mil parejas, si las vi o no, si pertenecía solo a una o a la otra. Pero así como ese sentimiento anterior de horror y vergüenza fue mucho más allá de todo lo imaginable en la vida de vigilia, ciertamente no hay nada en nuestra existencia consciente que iguale la relajación, la libertad, la felicidad que ahora sentía en el sueño. Y nunca dejé de pensar en ti ni por un momento. Sí, te vi; vi cómo te apresaban los soldados; creo que también había clérigos entre ellos; alguien, un hombre enorme, te ataba las manos y supe que debías ser ejecutado. Lo supe sin piedad, sin estremecimiento, desde lejos. Te llevaron a un patio, a una especie de patio de castillo. Allí te quedaste con las manos atadas a la espalda y desnudo. Y como yo te vi, aunque estaba en otra parte, también me viste tú a mí; y al hombre que me sostenía en sus brazos, y a todas las demás parejas, aquella marea infinita de desnudez que me salpicaba y de la que yo y el hombre que me estaba abrazando solo significábamos una ola, por así decirlo. Mientras estabas de pie en el patio, una mujer joven con una diadema en la cabeza y un manto púrpura hizo su aparición en una ventana en arco, entre cortinas rojas. Era la princesa del país. Ella te lanzó una mirada severa e interrogante. Te quedaste solo, los demás, tantos como había, se mantenían apartados, pegados a las paredes; yo oía un murmullo traicionero y amenazador. Entonces la princesa se inclinó sobre el repecho. Se hizo el silencio y la princesa te hizo una señal, como si te ordenara que te acercaras a ella, y supe que estaba decidida a perdonarte. Pero no advertiste su mirada o no quisiste advertirla. Sin embargo, de repente, todavía con las manos atadas, pero envuelto en una capa negra, te quedaste frente a ella, no en una habitación, sino de alguna manera al aire libre, flotando, por así decirlo. Tenía un trozo de pergamino en la mano, tu sentencia de muerte, que también contenía tu culpa y los motivos de tu condena. Te preguntó —no escuché las palabras, pero las sabía— si estabas dispuesto a convertirte en su amante, en cuyo caso te eximían de la pena de muerte. Tú negaste con la cabeza. No me sorprendió, porque era completamente normal y no cabía otra cosa que el que a toda costa y para toda la eternidad me fueras fiel. Entonces la princesa se encogió de hombros, hizo una señal en el aire y, de repente, te encontraste en un sótano subterráneo y los látigos caían sobre ti sin que yo viera a nadie que blandiera los látigos. La sangre fluía de ti a riadas, la veía fluir y fui consciente de mi crueldad sin sorprenderme. Entonces la princesa se te acercó. Su cabello estaba suelto, flotaba alrededor de su cuerpo desnudo, te mostraba la diadema con ambas manos, y supe que era la chica de la playa danesa a quien habías visto una mañana desnuda en la terraza de una cabaña de baño. No dijo ni una palabra, pero el significado de que estuviera allí, incluso el de su silencio, era si querías ser su esposo y príncipe del país. Y cuando te negaste de nuevo, desapareció de repente, pero al mismo tiempo vi que se erigía una cruz para ti; no en el patio, no, en el prado infinito, sembrado de flores, donde yo descansaba en los brazos de un amante, entre todos los demás amantes. Pero te vi caminar solo por calles antiguas, sin ninguna escolta, aunque sabía que tenías señalado el camino y que cualquier huida te era imposible. Entonces empezaste a subir por el sendero del bosque. Te estaba esperando con tensión, pero sin ninguna compasión. Tu cuerpo estaba cubierto de heridas, que ya no sangraban. Seguiste subiendo cada vez más alto, el camino se ensanchaba, el bosque retrocedía a ambos lados, y ahora estabas al borde del prado, a una distancia inmensa e inconmensurable. Pero me saludaste con una sonrisa en tus ojos, como para mostrar que habías cumplido mi deseo y me trajiste todo lo que necesitaba: ropa, zapatos y joyas. Pero yo encontraba tu comportamiento más allá de toda medida tonto e insensato, y tuve la tentación de burlarme de ti, de reírme en tu cara, y precisamente porque, por lealtad hacia mí, habías rechazado la mano de una princesa, habías soportado la tortura y ahora subías vacilante allí para sufrir una muerte terrible. Corrí hacia ti, pero tú caminabas cada vez más deprisa... Yo comencé a flotar, tú también flotabas en el aire; pero de repente desaparecimos el uno del otro y lo supe: nos habíamos perdido. Entonces deseé que al menos escucharas mi risa, especialmente mientras te crucificaban. Y así fue como me reí, tan estridente y fuertemente como pude. Esa fue la risa, Fridolin, con la que me desperté.

Albertine guardó silencio y permaneció impasible. Tampoco él se movió ni dijo una palabra. En ese momento, cualquier cosa habría parecido inútil, falaz y cobarde. Cuanto más avanzaba ella en su historia, más ridículas e inútiles le parecían a él sus propias experiencias, tal y como se habían desarrollado hasta ahora, y juró llevarlas todas hasta el final, para luego informarle a ella detalladamente y así tomarse la revancha de ella, aquella mujer que en su sueño se había revelado tal y como era, infiel, cruel y pérfida, y a quien en ese momento pensó que odiaba más de lo que nunca la había amado.

En ese momento se dio cuenta de que todavía sostenía los dedos de ella en sus manos y de que, sin importar cuánto pudiera odiar a esta mujer, seguía sintiendo una ternura, aunque dolorosa, por aquellos dedos delgados y fríos tan familiares para él; e instintivamente, incluso en contra de su voluntad, antes de soltar aquella mano familiar, la tocó suavemente con los labios.

Albertine seguía sin abrir los ojos. Fridolin creyó ver su boca, su frente, todo su rostro sonriendo con una expresión feliz, transfigurada, inocente, y sintió la necesidad, incomprensible para él, de inclinarse sobre Albertine y estampar un beso en su pálida frente. Pero se dominó, dándose cuenta de que era solo cansancio, demasiado comprensible después de los inquietantes acontecimientos de las últimas horas, lo que se había disfrazado de ternura anhelante en la atmósfera engañosa de la cámara matrimonial.

Pero cualquiera que fuera su situación en aquel momento, la decisión a la que debía llegar en el transcurso de las próximas horas, el imperativo urgente del momento era huir, al menos por un tiempo, al sueño y al olvido. En la noche que siguió a la muerte de su madre, él también había dormido, había podido dormir profundamente y sin sueños. ¿Y no iba a poder hacerlo ahora? Se extendió al lado de Albertine, que parecía ya dormida. «Una espada entre nosotros —pensó de nuevo—. Y aquí estamos como enemigos mortales, uno al lado del otro». Pero eran solo palabras.

Seis

Los suaves golpes de la doncella lo despertaron a las siete de la mañana. Echó un rápido vistazo a Albertine. A veces, no siempre, esos golpes la despertaban también a ella. Hoy ella dormía inmóvil, demasiado inmóvil. Fridolin se preparó rápidamente. Antes de irse, quiso ver a su pequeña. Estaba acostada tranquilamente en su blanca camita, con las manos apretadas en pequeños puños como hacen los niños. La besó en la frente. Y una vez más, de puntillas, se deslizó hasta la puerta del dormitorio, donde Albertine seguía descansando, tan inmóvil como antes. Luego se fue. En su negro maletín de médico, muy cuidado, llevaba consigo el hábito de monje y el sombrero de peregrino. Había elaborado cuidadosamente el programa del día, incluso con cierta pedantería. Lo primero y más importante era la visita a un joven abogado gravemente enfermo de los alrededores. Fridolin realizó un examen detenido, encontró su estado algo mejor, por lo que expresó su satisfacción y le prescribió una antigua receta con el habitual *repetatur*. Inmediatamente después se dirigió a la casa en cuyo sótano Nachtigall había tocado el piano la pasada noche. El local seguía cerrado, pero el cajero del café de arriba sabía que Nachtigall se alojaba en un pequeño hotel de la Leopoldstadt. Un cuarto de hora después, Fridolin llegó hasta allí. Era una fonda miserable. El vestíbulo olía a camas sin ventilación, grasa rancia y café de achicoria. Un portero de mal aspecto, con ojos enrojecidos pero inteligentes, siempre dispuesto al interrogatorio policial, le dio la información de inmediato. El señor Nachtigall había llegado esa mañana a las cinco en compañía de dos caballeros que, deliberadamente, hicieron que sus caras fueran casi irreconocibles al ir embozados en sus bufandas. Mientras Nachtigall se dirigía a su habitación, los caballeros habían pagado su cuenta de las últimas cuatro semanas; como después de media hora no había aparecido, uno de los caballeros lo habría ido a buscar personalmente, tras lo cual los tres se habrían dirigido a la estación del norte. Nachtigall parecía muy emocionado. Sí, él —¿por qué no decirle toda la verdad a un caballero tan digno de confianza?— había intentado pasarle una carta al portero, pero los dos caballeros se lo impidieron de inmediato. Las cartas que llegaran para el señor Nachtigall, explicaron los caballeros, serían recogidas por una persona autorizada para hacerlo. Fridolin se despidió y estaba contento de llevar su maletín de médico en la mano cuando salió por la puerta principal; probablemente no lo tomarían por un residente de este hotel, sino por un funcionario. Así que por el momento no había nada que hacer con Nachtigall. Habían sido muy cuidadosos y tenían todas las razones para serlo.

A continuación se dirigió a la tienda de alquiler de disfraces. Fue el mismo señor Gibiser el que le abrió la puerta:

—Vengo a devolverle el disfraz que alquilé —dijo Fridolin—, y a saldar mi deuda.

Herr Gibiser mencionó una cantidad moderada, recibió el dinero, hizo un registro de entrada en un gran libro de contabilidad y desde la mesa de despacho miró algo desconcertado a Fridolin, quien no daba señales de irse.

—También estoy aquí —dijo Fridolin en el tono de un juez de instrucción— para hablar con usted sobre su señora hija.

Las aletas de la nariz del señor Gibiser experimentaron un brusco sobresalto. No era fácil discernir si se trataba de una sensación de molestia, de burla o de enfado.

—¿Qué pretende el caballero? —preguntó en un tono igualmente indefinible.

—Usted dijo ayer —continuó Fridolin, que había puesto la mano en la mesa de la oficina con los dedos extendidos— que su señora hija no está psíquicamente bien del todo. La situación en la que la encontramos realmente lo sugiere. Y dado que la coincidencia me ha convertido en partícipe o al menos en espectador de esa extraña escena, me gustaría sugerirle, señor Gibiser, que consulte a un médico.

Gibiser midió a Fridolin con una mirada insolente mientras giraba entre las manos el palo de la pluma, anormalmente largo.

—¿Y tal vez el señor doctor tendría la amabilidad de hacerse cargo él mismo del tratamiento?

—Le pido que no ponga ninguna palabra en mi boca —respondió Fridolin bruscamente, con voz algo ronca— que no haya dicho.

En ese momento se abrió la puerta que daba al interior y salió un joven con un abrigo abierto encima del frac. Fridolin supo de inmediato que no podía ser otro que uno de los jueces de la noche pasada. Sin lugar a dudas, procedía de la habitación de la *pierrette*. Pareció avergonzado cuando se dio cuenta de la presencia de Fridolin, pero se contuvo de inmediato, saludó fugazmente a Gibiser con un gesto de la mano, luego encendió un cigarrillo con un mechero que tomó del escritorio y salió del apartamento.

—Oh —dijo Fridolin con una mueca de desprecio en las comisuras de los labios y con un sabor amargo en la lengua.

—¿Qué quiere decir el caballero? —preguntó Gibiser con total indiferencia.

—Así que renunció a ello, el señor Gibiser —dijo Fridolin mientras dejaba vagar pensativamente la mirada

de la puerta del apartamento a aquella otra por la que
había salido el juez—, ha renunciado a acudir a la policía.

—Hemos llegado a un acuerdo, señor doctor —comentó Gibiser con frialdad, y se levantó como si la au-
diencia hubiera terminado. Fridolin se dispuso a salir.
Gibiser abrió la puerta con cortesía y con expresión
hierática dijo—: Si el señor doctor volviera a necesitar
algo... No tiene por qué ser una túnica monacal.

Fridolin cerró la puerta tras de sí. «Esto está ya solu-
cionado», pensó con un sentimiento de rabia que incluso él encontraba desproporcionado. Se apresuró a
bajar las escaleras, fue al policlínico sin mucha prisa y
antes de todo telefoneó a su casa para saber si algún
paciente había llegado a buscarlo o si había correo o
alguna novedad. La criada apenas había respondido
cuando ya Albertine había cogido el teléfono y saludó
a Fridolin. Ella repitió todo lo que la criada ya había
dicho; luego le dijo sin mayor reparo que se acababa
de levantar y se disponía a desayunar con la niña.

—Dale un beso de mi parte —dijo Fridolin— y que os
aproveche.

Oír la voz de ella le había hecho bien, y por eso rápidamente colgó. De hecho, habría querido pregun-
tar a Albertine qué iba a hacer esta mañana, pero ¿qué
le importaba? En lo más profundo de su alma había
terminado con ella, sin embargo, la vida exterior debería continuar. Una enfermera rubia lo ayudó con las
mangas del abrigo y le alcanzó la bata blanca de médi-

co. Ella le sonrió un poco, como acostumbran a hacer todas, con independencia de que les hagan caso o no.

Unos minutos después estaba en la planta. El médico jefe había informado que de repente había tenido que irse por una consulta y que los médicos auxiliares deberían hacer la ronda de visita sin él. Fridolin se sintió casi feliz cuando, seguido por los estudiantes, iba de cama en cama examinando a los enfermos, redactando recetas y discutiendo asuntos técnicos con otros médicos auxiliares y personal de enfermería. Hubo todo tipo de novedades. El aprendiz de cerrajero Karl Rödel había muerto esa noche. La autopsia tendría lugar a las cuatro y media de la tarde. Había quedado una cama libre en la sala de mujeres, pero ya estaba ocupada. La mujer de la cama diecisiete había tenido que ser trasladada al departamento de cirugía. En el intermedio también se abordaron cuestiones de personal. El tribunal para el nombramiento de una nueva plaza en el departamento de oftalmología tendría lugar pasado mañana. Hügelmann, en la actualidad profesor en Marburg y hacía cuatro años segundo asistente de Stellwag, tenía el mayor número de posibilidades. «Brillante carrera —pensó Fridolin—. Nunca tendré la oportunidad de hacerme con la dirección de un departamento, aunque solo sea por mi falta de docencia». Demasiado tarde. ¿Pero era así en realidad? Bastaba con empezar de nuevo a investigar o retomar con mayor seriedad lo que ya había iniciado. La práctica privada le dejaba bastante tiempo libre.

Le pidió al doctor Fuchstaler que se hiciera cargo del dispensario y tuvo que admitir que prefería quedarse aquí antes que ir al Galitzinberg. Sin embargo, no había más remedio. No solo por sí mismo se veía obligado a investigar más el asunto; y todavía le quedaban hoy muchas otras cosas por hacer. Y así, por si acaso, decidió confiar también al doctor Fuchstaler la visita de la tarde. La joven con el sospechoso catarro apical en la última cama le sonrió. Era la misma que el otro día, con motivo de un examen, había presionado sus pechos con demasiada confianza contra su mejilla. Fridolin le devolvió la mirada sin gracia y se volvió frunciendo el ceño. «Todas son iguales —pensó con amargura—, y Albertine es como todas, la peor de todas. Me separaré de ella. Nuestra relación nunca volverá a recomponerse».

En las escaleras intercambió unas palabras con un colega del departamento de cirugía: ¿Qué pasaría con la mujer que había sido trasladada esta noche? Por su parte, no creía que fuera imprescindible una operación. ¿Le dirían los resultados del examen histológico?

—Por supuesto, querido colega.

En la esquina, cogió un coche de punto. Consultó su libreta, ridícula comedia ante el cochero, como si primero tuviera que decidirse.

—A Ottakring —dijo a continuación—, a la calle que va hacia el Galitzinberg. Ya le diré dónde debe parar.

De repente, en el coche se apoderó de él la dolorosa y anhelante inquietud, casi una sensación de culpa, de que en las últimas horas apenas había pensado en su hermosa salvadora. ¿Sería capaz de encontrar la casa ahora? Bueno, eso no debería ser especialmente difícil. La única cuestión era: ¿y entonces, qué? ¿Informar a la policía? Eso podría tener consecuencias nefastas, especialmente para la mujer que podría haberse sacrificado por él, o que estaba dispuesta a sacrificarse. ¿O debería recurrir a un detective privado? Eso le parecía de bastante mal gusto y no del todo digno de él. ¿Pero qué más podía hacer? Seguramente no tenía ni el tiempo ni probablemente el talento para realizar con habilidad la oportuna investigación. ¿Una sociedad secreta? Bien, algo secreta sí que era. ¿Pero se conocerían entre sí? ¿Serían aristócratas, o tal vez incluso miembros de la corte? Pensó en varios archiduques a los que se podía considerar capaces de semejantes bromas. ¿Y las damas? Probablemente... recogidas en burdeles. Bueno, eso en todo caso no era seguro. Aunque sí era cierto que estaban bien seleccionadas. ¿Y la mujer que se había sacrificado por él? ¿Sacrificado? ¿Por qué seguía imaginando que realmente se había tratado de un sacrificio? Una comedia. Por supuesto, todo había sido una comedia. En realidad, tenía que alegrarse de haber salido indemne de manera tan fácil. Y cierto era que había mantenido el tipo. Los caballeros se dieron cuenta de que no era uno cualquiera. Y ella también lo había notado. Quizás lo había preferido a todos esos archiduques o lo que fueran.

Al final del Liebhartstal, donde el camino se hacía más empinado, se apeó y, por precaución, despidió el coche. El cielo era azul pálido, con nubes blancas, y el sol era cálido y primaveral. Miró hacia atrás, no se veía nada sospechoso. No se divisaban ni coches ni paseantes. Empezó a subir lentamente la colina. Le pesaba el abrigo, por lo que se lo quitó y se lo echó sobre los hombros. Llegó al punto en el que la calle lateral doblaba hacia la derecha, donde estaba la misteriosa casa; no podía equivocarse. Marchaba cuesta abajo, pero de ninguna manera tan abruptamente como había pensado durante la noche. Era un callejón tranquilo. En un jardín delantero había rosales cuidadosamente envueltos en paja; en otro había un cochecito de niño; en otro contiguo, un niño, vestido enteramente de lana azul, retozaba de un lado para otro mientras una mujer joven le miraba riendo desde la ventana de la planta baja. Luego venía un espacio vacío, después un jardín vallado sin cuidar, más allá una pequeña villa, a continuación, un prado, y finalmente... sin duda aquella era la casa que estaba buscando. No daba en absoluto la impresión de que fuera grande o lujosa. Era una villa de un piso en un modesto estilo Imperio y aparentemente renovada no hacía mucho tiempo. Todas las persianas, de color verde, estaban bajadas y no había nada que indicara que la villa pudiera estar habitada. Fridolin miró a su alrededor. No se veía a nadie en la calle; solo más abajo, alejándose, iban dos chicos con libros bajo el brazo. Se

Seis

paró frente a la puerta del jardín. ¿Y ahora qué? ¿Darse la vuelta sin más? Eso le habría parecido francamente ridículo. Buscó el timbre eléctrico. Y si alguien le abría, ¿qué podía decir? Bueno, muy sencillo: ¿no se alquilaría aquella bonita casa de campo para el verano? Pero la puerta principal se abrió por sí sola; un anciano criado con una sencilla librea matutina salió y caminaba lentamente por el estrecho sendero hacia la puerta del jardín. Llevaba una carta en la mano y se la pasó sin decir palabra a través de los barrotes a Fridolin, cuyo corazón latía con fuerza.

—¿Para mí? —preguntó dudando. El sirviente asintió, se dio media vuelta y se marchó. La puerta principal se cerró detrás de él. ¿Qué puede significar esto? Se preguntó Fridolin ¿La remitiría ella? ¿Quizás era la dueña de la casa? De nuevo subió rápidamente la calle; solo entonces se dio cuenta de que su nombre estaba escrito en el sobre con caracteres rectos y majestuosos. Abrió la carta por un ángulo, desdobló una hoja de papel y leyó: «Abandone toda investigación, que será completamente inútil, y considere estas palabras como una segunda advertencia. En su interés esperamos que no sean necesarias otras medidas». Bajó la hoja.

Este mensaje lo decepcionó en todos los sentidos; en cualquier caso, era diferente de lo que tontamente había creído posible. Aun así, el tono era extrañamente moderado, completamente desprovisto de acritud. Se notaba que las personas que habían enviado este mensaje no se sentían absolutamente seguras. ¿Segunda advertencia? ¿Cómo segunda? ¡Ah, sí, la primera le había llegado esa noche! ¿Pero por qué la segunda y no la última? ¿Querían poner a prueba otra vez su valor? ¿Debería superar un examen? ¿Y cómo habían sabido su nombre? Bueno, eso no tenía nada de extraño. Nachtigall probablemente se había visto obligado a traicionarlo. Y además —y sonrió involuntariamente de su despiste—, sus iniciales y su dirección exacta estaban cosidas en el forro de su abrigo de piel.

Sin embargo, aunque no hubiera avanzado en sus pesquisas, en general la carta lo había tranquilizado, sin que pudiera decir por qué. En particular, estaba convencido de que la mujer por cuya suerte había temido aún estaba viva y que solo él, si procedía con cautela y astucia, podía encontrarla.

Cuando algo cansado, pero con una extraña sensación de alivio que, sin embargo, sospechaba engañosa, llegó a casa, Albertine y la niña ya habían almorzado, pero le hicieron compañía mientras él despachaba su comida. Frente a él estaba sentada quien anoche lo había crucificado en silencio, con una mirada angelical, como maternal ama de casa, y, para su asombro, él no sentía odio por ella. Disfrutó la comida un tanto excitado, aunque en realidad estaba de buen humor; y a su manera estuvo hablando muy vivamente de las pequeñas experiencias profesionales del día, especialmente de los asuntos del personal médico, sobre los que siempre mantenía informada a Albertine. Dijo que el nombramiento de Hügelmann era casi seguro y habló de su propia resolución de retomar el trabajo científico con un poco más de energía. Albertine conocía ya este estado de ánimo. Sabía que no duraría mucho, y una leve sonrisa delataba sus dudas. Fridolin se exaltaba y por eso Albertine le acarició con gran dulzura y mano suave el cabello. Él hizo en ese momento una mueca de dolor y se volvió hacia la niña, apartando su frente de una nueva caricia desagradable. Tomó a la niña en su regazo y estaba a punto de mecerla sobre sus rodillas cuando la criada anunció que algunos pacientes estaban esperando. Fridolin se levantó como liberado, añadió como de pasada que Albertine y la niña deberían aprovechar la hermosa tarde soleada para dar un paseo y se dirigió a su consulta.

Durante las siguientes dos horas, Fridolin tuvo que ver a seis pacientes antiguos y dos nuevos. En todos y cada uno de los casos estuvo completamente concentrado, examinando, tomando notas, prescribiendo, y se sintió contento de que después de las últimas dos noches casi sin dormir se sintiera tan maravillosamente fresco y despejado.

Una vez finalizada la consulta, como era su costumbre, entró de nuevo para ver cómo estaban su mujer y su hija y quedó satisfecho de que Albertine tuviera en ese momento la visita de su madre y de que la niña estuviera recibiendo clase de francés de la gobernanta. Ya solo en la escalera, recuperó la conciencia de que todo este orden, todo este equilibrio, toda esta seguridad de su existencia no eran más que pura apariencia y mentira.

A pesar de que había cancelado su consulta de la tarde, se sintió irresistiblemente tentado de volver al departamento del hospital. Había dos casos que consideraba particularmente adecuados para el trabajo científico que había planificado, y durante un rato se ocupó de ello más detalladamente de lo que había hecho hasta ahora. Después realizó todavía una visita a un enfermo en el centro de la ciudad, por lo que se le hicieron ya las siete de la tarde cuando se paró frente a la vieja casa de la Schreyvogelgasse. Solo en ese momento, cuando miró hacia la ventana de Marianne, su imagen, que mientras tanto se había desvanecido por completo, se hizo más viva que cualquier otra. Bueno, ahora no podía equivocarse. Sin mayor esfuerzo podía comenzar aquí su obra de venganza, que para él no tenía dificultad ni peligro; y lo que a otros les podría haber echado para atrás, a saber, la traición a la fidelidad prometida, para él era casi un incentivo más. Sí, traicionar, estafar, mentir, hacer una comedia, aquí y allá, frente a Marianne, frente a Albertine, frente a este buen doctor Roediger, frente al mundo entero... Llevar una especie de doble vida, ser al mismo tiempo el médico capaz, confiable, prometedor; el buen esposo y padre de familia... y al mismo tiempo un libertino, un seductor, un cínico que jugaba con la gente, con hombres y mujeres según le apeteciera... En aquel momento, todo aquello le pareció algo delicioso, y lo que más le atraía era que más tarde, cuando Albertine hiciera ya tiempo que se sentía protegida en la seguridad de un matrimonio tranquilo y una vida familiar, él le confesaría todos sus pecados con una sonrisa fría para vengarse de la amargura y vergüenza que le había causado en un sueño.

En el portal se encontró frente al doctor Roediger, quien, cordialmente y sin prevención, le tendió la mano.

—¿Cómo está la señorita Marianne? —preguntó Fridolin—. ¿Se ha calmado un poco?

El doctor Roediger se encogió de hombros.

—Hace ya bastante tiempo que estaba preparada para el desenlace, doctor. Solo hoy alrededor del mediodía, cuando han venido a retirar el cuerpo...

—Ah, ¿ya lo han hecho?

El doctor Roediger asintió:

—El entierro tendrá lugar mañana a las tres de la tarde...

Fridolin tenía perdida la mirada:

—¿Están... los parientes con la señorita Marianne?

—Ya no —respondió el doctor Roediger—. Ahora está sola. Estoy seguro de que se alegrará de volver a verlo, doctor. Mañana la llevaremos a Mödling, mi madre y yo. —Y ante la mirada cortésmente interrogativa de Fridolin—: Mis padres tienen allí una casita. Adiós, doctor. Aún me queda mucho por hacer. Sí, ¡la de cosas que hay que hacer en casos semejantes! Cuando vuelva, espero encontrarlo todavía arriba, doctor. —A continuación, salió por la puerta principal a la calle.

Fridolin vaciló un momento y luego subió lentamente las escaleras. Tocó el timbre y fue la propia Marianne quien le abrió. Estaba vestida de negro y alrededor del cuello llevaba un collar de azabache negro que él no le había visto antes. Su rostro se sonrojó un poco.

—Me ha hecho esperar mucho tiempo —dijo con una leve sonrisa.

—Disculpe, señorita Marianne, hoy he tenido un día especialmente difícil.

A través de la habitación del difunto, cuya cama estaba ahora vacía, la siguió hasta la habitación contigua, donde ayer había extendido el certificado de defunción del consejero bajo el cuadro de un oficial en uniforme blanco. Una pequeña lámpara ya estaba encendida en el escritorio, de modo que reinaba una cierta penumbra en la habitación. Marianne le indicó un lugar en el sofá de cuero negro y se sentó frente a él, en el escritorio.

—Acabo de encontrarme con el doctor Roediger en el portal. ¿Así que mañana se va a ir al campo?

Marianne lo miró como asombrada por el tono frío de sus preguntas, y sus hombros se hundieron mientras él continuaba con una voz casi áspera:

—Creo que eso es lo más sensato. —Y le explicó de manera objetiva los efectos positivos que tendrían sobre ella el aire libre y un nuevo entorno.

Ella estaba sentada inmóvil y las lágrimas corrían por sus mejillas. Fridolin la miraba sin compasión, más bien con impaciencia, y la idea de que ella pudiera estar de nuevo a sus pies en el próximo minuto, repitiendo su confesión de ayer, lo llenó de miedo. Y como ella seguía guardando silencio, se levantó bruscamente.

—Lo siento, señorita Marianne. —Miró su reloj.

Ella levantó la cabeza, miró a Fridolin mientras sus lágrimas continuaban fluyendo. A él le hubiera gustado decirle unas palabras de consuelo, pero no pudo.

—Se quedará unos días en el campo, ¿no? —comenzó diciendo de manera forzada—. Espero que me lo haga saber... Por cierto, el doctor Roediger me dice que la boda tendrá lugar pronto. Permítame participarles ya mi enhorabuena.

Ella no se movió, como si ni siquiera hubiera advertido ni sus felicitaciones ni su voluntad de marcharse. Fridolin le tendió la mano, que ella no tomó, y él repitió, casi en tono de reproche:

—Bueno, confío en que me informe de su salud. Adiós, señorita Marianne.

Ella seguía como petrificada en su sillón. Él se fue, pero durante un segundo se quedó en la puerta, como si le concediera una última oportunidad para que lo llamara. Ella pareció volver la cabeza y entonces él cerró la puerta tras de sí. En el pasillo exterior sintió algo parecido a un remordimiento. Por un momento pensó en volver atrás, pero consideró que sobre todo habría sido muy ridículo.

Y ahora, ¿adónde? ¿A casa? ¡Dónde si no! Hoy no podía hacer nada más. Y mañana, ¿qué? ¿Y cómo? Se sentía torpe, indefenso, todo se deshacía bajo sus manos. Todo se volvía irreal, incluso su casa, su esposa, su hija, su trabajo; sí, incluso él mismo, mientras caminaba mecánicamente por las calles nocturnas con pensamientos errantes.

El reloj de la torre del ayuntamiento dio las siete y media. Por lo demás, le resultaba indiferente qué hora era; el tiempo se extendía ante él como un valor absolutamente superfluo. Nada ni nadie le importaba. Sintió una leve lástima de sí mismo. De repente le vino una ocurrencia, en absoluto un propósito: irse a alguna estación de tren, irse, sin importar adónde, desaparecer para todas las personas que lo conocían, y aparecer de nuevo en algún lugar del extranjero y comenzar allí una nueva vida con una personalidad diferente. Recordaba ciertos casos extraños de enfermedad que conocía por los libros de psiquiatría, las llamadas existencias dobles: una persona desaparecía repentinamente de su entorno perfectamente ordenado, se la daba por desaparecida y regresaba después de meses o años, pero no recordaba dónde había estado durante ese tiempo. Entonces alguien que lo había conocido en algún lugar de un país lejano lo reconocía, y el hombre que había regresado no sabía nada al respecto. Tales cosas rara vez sucedían, pero al menos estaban probadas. Y algunos lo habían experimentado de forma más leve. Por ejemplo, ¿cuándo se vuelve de los

sueños? Por supuesto, uno recuerda..., pero ciertamente hay sueños que uno olvida por completo y de
los cuales no queda nada más que un misterioso estado de ánimo, una misteriosa somnolencia. O solo se
lo recuerda más tarde, mucho más tarde, y ya no
se sabe si se ha experimentado algo o solo se ha soñado. ¡Solo... solo...!

Y mientras seguía así y, sin embargo, inopinada-
mente tomaba la dirección de su casa, se acercaba al
callejón oscuro y bastante mal considerado en el que
hacía menos de veinticuatro horas había seguido a
una criatura perdida hasta su miserable e íntima mo-
rada. Perdida, ¿precisamente ella? Y este callejón ¿era
de mala reputación? ¡Cuán frecuentemente, seduci-
dos por las palabras y llevados por la cansina costumbre, enjuiciamos las calles, los destinos y la gente! ¿No
era esta joven la más graciosa, de hecho la más pura
de todas aquellas con las que extrañas coincidencias
lo unieron anoche? Sintió una cierta emoción al pensar en ella. Fue entonces cuando recordó su promesa
de ayer; inmediatamente tomó una decisión y fue a
comprar todo tipo de comida en la tienda más cercana, y mientras caminaba a lo largo de los muros de las
casas con el pequeño paquete, se sintió verdadera-
mente feliz, sabiendo que estaba a punto de hacer un
acto al menos razonable, tal vez incluso digno de elo-
gio. De todas maneras, se subió el cuello al entrar en
el portal, subió de dos en dos algunos peldaños de la
escalera, y el timbre de la vivienda sonó en su oído

con un indeseable chillido. Cuando una mujer mayor de no muy buen aspecto le dio la noticia de que la señorita Mizzi no estaba en casa, exhaló un suspiro de alivio. Pero antes de que la mujer tuviera la oportunidad de recibir el paquete para la ausente, otra mujer, todavía joven, un tanto atractiva, envuelta en una especie de bata, entró en el recibidor y dijo:

—¿A quién busca el señor? ¿A la señorita Mizzi? No volverá a casa tan pronto.

La vieja le hizo una señal para que se callara. Pero Fridolin, como deseaba con urgencia la confirmación de lo que de alguna manera ya había sospechado, simplemente comentó:

—Está en el hospital, ¿verdad?

—Bueno, el caballero ya lo sabe. Pero yo estoy sana, gracias a Dios —exclamó alegremente, y con los labios entreabiertos se aproximó mucho a Fridolin, mientras echaba procazmente hacia atrás su generoso cuerpo de modo que se le abrió la bata.

Fridolin dijo, rechazándola:

—Solo pasaba por aquí para traerle algo a Mizzi. —De repente parecía ser un estudiante de secundaria. En un tono nuevo y práctico, preguntó—: ¿En qué sección está?

La joven le dio el nombre de un profesor en cuya clínica Fridolin había sido médico ayudante hacía unos años. Y luego agregó de buen humor:

—Deme el paquetito, que se lo llevaré mañana. Puede estar seguro de que no me comeré nada. Y la saludaré y le diré que no le ha sido infiel.

Al mismo tiempo se acercó a él mirándole sonriente. Pero como él retrocedió un poco, ella se rindió de inmediato y comentó como consuelo:

—El doctor ha dicho que en seis u ocho semanas a más tardar volverá a estar en casa.

Cuando Fridolin salió a la calle, sintió un nudo en la garganta; pero sabía que no era tanto una emoción cuanto un colapso paulatino de sus nervios. A propósito adoptó un paso más rápido y enérgico de lo que convenía a su estado de ánimo. ¿Se suponía que esta experiencia era otra señal, un último indicio de que todo le iba a fallar? ¿Por qué? Que hubiera escapado de un peligro tan grande podría al menos ser una buena señal. ¿Y era eso exactamente lo que importaba: evitar el peligro? Pero antes todavía tenía que hacer un sinfín de cosas. De ninguna manera pensó en dejar de indagar quién era la maravillosa mujer de la pasada noche. Por supuesto, hoy ya no tenía más tiempo. Además tenía que considerar cuidadosamente la forma en que debía realizar esta investigación. Sí, ¡si tuviera a alguien con quien consultar! Pero no conocía a nadie a quien le hubiera gustado contarle sus aventuras de la noche anterior. Durante años no había tratado a nadie más que a su esposa, y en este caso difícilmente podía consultar con ella; en este ni en ningún otro. Porque, se viera como se viera, esta noche ella había permitido que lo crucificaran.

Y ahora se dio cuenta de por qué, en vez de llevarlo en dirección a su casa, sus pasos lo llevaban involunta-

riamente en dirección opuesta. En ese momento ni
deseaba ni podía enfrentarse a Albertine. Lo más sensato era cenar en algún lugar fuera, y luego investigar
en la sección del hospital sus dos casos. Y de ninguna
manera estar en casa —¡en casa!— antes de que pudiera
estar seguro de que encontraría a Albertine dormida.

Entró en un café, uno de los más elegantes y tran-
quilos que hay próximos al Ayuntamiento, llamó por
teléfono a su casa para que no lo esperaran para cenar,
colgó rápidamente el auricular para que Albertine no
pudiera llegar al teléfono; luego se sentó junto a una
ventana y corrió la cortina. Un caballero de abrigo oscuro y por lo demás vestido de manera bastante discreta tomaba asiento en un rincón alejado. Fridolin se
percató de que ese mismo día ya había visto esta fiso-
nomía en algún lugar. Por supuesto que también podría ser una simple coincidencia. Cogió un periódico
vespertino y, como había hecho anoche en otra cafetería, leyó algunas líneas aquí y allá: informes sobre
acontecimientos políticos, teatro, arte, literatura, sobre pequeños y grandes accidentes de todo tipo. En
una ciudad de América, cuyo nombre nunca había
oído, había ardido un teatro. El maestro deshollina-
dor Peter Konrad se había arrojado por la ventana. A
Fridolin le pareció algo extraño que los deshollinado-
res a veces se suicidaran, y no pudo evitar preguntarse
si el hombre se había lavado bien de antemano o se
había arrojado, negro como estaba, al vacío. Una mujer se había envenenado esta mañana en un elegante

hotel en el centro de la ciudad, una dama que hace unos días se había hospedado allí con el nombre de baronesa D., una dama sorprendentemente atractiva. Fridolin se sintió de inmediato conmocionado. La señora había llegado a casa a las cuatro de la mañana, acompañada de dos caballeros, que se despidieron de ella en la puerta. A las cuatro: Justo a la hora en la que él también había vuelto a casa. Y alrededor del mediodía fue encontrada inconsciente —así se dijo— en la cama con signos de envenenamiento severo... Una señorita sorprendentemente atractiva... Bueno, mujeres jóvenes extraordinariamente bonitas había muchas... No había ninguna razón para suponer que la baronesa D., o más bien la dama que se había alojado en el hotel con el nombre de baronesa D., y cierta otra persona fueran una y la misma. Y sin embargo... su corazón latía con fuerza y el periódico temblaba en su mano. En un elegante hotel de la ciudad... ¿En cuál? ¿Por qué tan misterioso, tan discreto?

Dejó caer el periódico y vio que el caballero en el rincón mantenía como una cortina delante de su rostro un periódico, un gran periódico ilustrado. Fridolin inmediatamente volvió a tomar el suyo y en ese momento supo que la baronesa D. no podía ser otra persona que la mujer de esa noche... En un elegante hotel de la ciudad... No había tantos que pudieran considerarse... dignos de una baronesa D... Y ahora, pasase lo que pasase, tenía que seguir esa pista. Llamó al camarero, pagó y se fue. En la puerta se volvió una vez más hacia el desconfiado caballero del rincón. Curiosamente, ya había desaparecido...

Envenenamiento severo... Pero estaba viva... En el momento en que la encontraron todavía estaba viva. Y no había razón para suponer que no la hubieran salvado. De todos modos, ya estuviera viva o muerta, él la encontraría. Y la vería, en cualquier caso, viva o muerta. Él la vería; ninguna persona en la tierra podría impedirle ver a la mujer que había muerto por su causa, sí, que había ido a la muerte por él. Él era culpable de su muerte, solo él, si en efecto se trataba de ella. Sí, lo era. Había llegado a casa a las cuatro de la mañana, ¡acompañada de dos caballeros! Probablemente los mismos que llevaron a Nachtingall al tren unas horas más tarde. Esos caballeros no debían de tener la conciencia muy limpia.

Se paró en la larga y ancha plaza del Ayuntamiento y miró en todas direcciones. Eran pocas las personas que se podían ver y el sospechoso caballero de la cafetería no estaba entre ellas. E incluso... si los caballeros tenían miedo, quería decir que él era superior. Fridolin se dio prisa, en el Ring tomó un coche de punto y primeramente ordenó que le llevara al Hotel Bristol, donde preguntó al portero, como si estuviera autorizado o estuviera al tanto de lo sucedido, si la baronesa D., que, como se sabía, fue envenenada esta mañana, se había alojado en el hotel. El portero no pareció asombrado; quizás pensaría que Fridolin era un agente de la policía o algún otro funcionario. En cualquier caso respondió cortésmente que el triste caso no había tenido lugar allí, sino en el Hotel Archiduque Karl...

Fridolin se dirigió de inmediato al mencionado hotel y recibió la información de que la baronesa D. había sido llevada al Hospital General inmediatamente después de que la encontraran. Fridolin preguntó cómo se había descubierto el intento de suicidio. ¿Qué motivo habían tenido para preocuparse a la hora del almuerzo por una señora que había vuelto a casa a las cuatro de la mañana? Bueno, eso fue muy sencillo: dos caballeros (¡dos caballeros otra vez!) preguntaron por ella a las once de la mañana. Como la señora no respondió a las repetidas llamadas telefónicas, la criada había llamado a la puerta y como tras esto no había habido respuesta y la puerta permanecía cerrada por dentro, no quedaba más remedio que abrirla a golpes. La baronesa se encontraba inconsciente en la cama. Los bomberos y la policía fueron notificados de inmediato.

—¿Y los dos caballeros? —preguntó Fridolin con brusquedad, sintiéndose como un miembro de la policía secreta.

Sí, los señores dieron que pensar, pero habían desaparecido de inmediato sin dejar rastro. Además, en absoluto se trataba de una baronesa Dubieski, bajo cuyo nombre estaba registrada la dama en el hotel. Era la primera vez que se alojaba en este hotel, y no había una familia con ese nombre, al menos una noble.

Fridolin le agradeció la información y se alejó con bastante celeridad, ya que uno de los directores del hotel, acercándose en aquel momento, empezó a mirarlo con desagradable curiosidad; volvió a subir al coche y se hizo llevar al hospital. Unos minutos después, en el mostrador de admisión, se enteró no solo de que la presunta baronesa Dubieski había sido ingresada en la segunda clínica del hospital, sino también de que había fallecido a las cinco de la tarde, a pesar de todos los esfuerzos médicos, sin haber recuperado el conocimiento.

Fridolin respiró hondo. Eso creía él, pero era un profundo suspiro lo que se le escapó. El oficial de guardia lo miró con cierto asombro. Fridolin se recompuso de inmediato, se despidió cortésmente y durante el minuto siguiente se quedó al aire libre. El jardín del hospital estaba casi desierto. Una enfermera con bata a rayas azules y blancas y cofia blanca caminaba bajo una farola en una avenida vecina. «Muerta —se dijo Fridolin—. ¿Si es ella? Pero ¿y si no lo es? Si todavía está viva, ¿cómo puedo encontrarla?».

Dónde estaba el cuerpo de la extraña en ese momento era una pregunta que tenía fácil respuesta. Como solo había muerto hacía unas horas, tenía que estar en el depósito de cadáveres, a solo unos cientos de pasos de allí. Como médico, por supuesto, no tuvo dificultades para entrar a hora tan tardía.

Pero, ¿qué buscaba allí? Solo conocía su cuerpo y nunca había visto su rostro, pues solo lo había vislumbrado un instante mientras la noche pasada dejaba el salón de baile o, mejor dicho, mientras era expulsado del salón. Pero el hecho de que hasta ahora ni siquiera se hubiera planteado este hecho se debía a que en las últimas horas, desde que leyó la nota del periódico, se había imaginado a la suicida, cuyo rostro no conocía, con los rasgos de Albertine. Sí, es más, solo ahora se dio cuenta con un estremecimiento de que era su esposa la que había tenido ante sus ojos como la mujer que estaba buscando. Y de nuevo se preguntó qué quería hacer realmente en el depósito de cadáveres. Sí, si la hubiera vuelto a encontrar viva, hoy, maña-na..., en años, cuando fuera, donde fuera y en cual-quier ambiente, la habría reconocido indefectible-mente por su andar, su comportamiento y sobre todo por su voz, estaba convencido. Pero ahora solo se su-ponía que volvería a ver el cuerpo, el cuerpo de una mujer muerta y un rostro del que no conocía más que los ojos, ojos que ahora estaban apagados. Sí, conocía esos ojos y el cabello, que en aquel último momento, antes de ser expulsado de la sala, de repente se soltó y cubrió su figura desnuda. ¿Sería eso suficiente para hacerle saber inequívocamente si era ella o no?

Y con paso lento y vacilante a través de los conocidos patios tomó el camino del Instituto de Anatomía Patoló-gica. Encontró la puerta abierta y no tuvo que tocar el timbre. El suelo de piedra resonaba bajo sus pasos mien-tras caminaba por el pasillo tenuemente iluminado. Fri-dolin se vio envuelto en un olor familiar que hasta cierto punto le resultaba hogareño y que procedía de todo tipo de productos químicos y que ahogaba el aroma tradicional del edificio. Llamó a la puerta del gabinete histológico, donde probablemente se suponía que tenía que estar un asistente de servicio. Tras un brusco «adelante», Fridolin entró en la sala de alto techo y festivamente iluminada, en medio de la cual, como Fridolin casi esperaba, estaba el doctor Adler, antiguo compañero de estudios y asistente del Instituto, quien, quitando los ojos del microscopio, se levantó de su silla.

—¡Vaya, querido colega! —dijo el doctor Adler, todavía con algo de mala gana, pero al mismo tiempo desconcertado—. ¿A qué debo semejante honor a hora tan intempestiva?

—Lamento molestarte —dijo Fridolin—. Te pillo precisamente en medio del trabajo.

—En efecto —respondió Adler en el tono cortante que le era peculiar desde su niñez. Y añadió en voz más baja—: ¿Qué otra cosa tendría uno que hacer en estos sagrados salones[6] a medianoche? Pero, por supuesto, no me molestas lo más mínimo. ¿Qué puedo hacer por ti?

Y dado que Fridolin no respondió de inmediato, añadió:

—El Addison que se nos entregó hoy todavía está ahí en una hermosa condición virgen. La autopsia será mañana a las ocho y media de la mañana.

---

6. En alemán, «In diesen heiligen Hallen», alusión por parte del doctor Adler a un pasaje de *La flauta mágica* de Mozart.

Y a un movimiento negativo de Fridolin:

—¡Ah, el tumor pleural! Bueno, el examen histológico demostró que se trataba indiscutiblemente de un sarcoma. Tampoco por esto tienes que preocuparte.

Fridolin volvió a negar con la cabeza.

—No es un asunto profesional.

—Bueno, mucho mejor —dijo Adler—. Pensé que sería tu mala conciencia la que te traería a tan altas horas de la noche.

—Mi visita está relacionada, sí, con una mala conciencia o, al menos, con la conciencia en general —respondió Fridolin.

—¡Oh!

—En pocas palabras —dijo intentando utilizar un tono seco e inocente—, me gustaría tener alguna información sobre una mujer que esta noche murió por intoxicación de morfina en la segunda clínica y que ahora debería estar aquí, una tal baronesa Dubieski. —Y rápidamente prosiguió—: Tengo la sospecha de que esta supuesta baronesa Dubieski es una persona a la que conocí hace solo unos años. Y me interesaría saber si mi suposición es correcta.

—¿*Suicidium?* —preguntó Adler.

Fridolin asintió:

—Sí, suicidio —tradujo él, como queriendo con ello dar al asunto su carácter privado.

Adler señaló a Fridolin con el dedo índice en tono humorístico.

—¿Amor desafortunado por su excelencia?

Fridolin, enojado, lo negó:

—El suicidio de la baronesa Dubieski no tiene nada personal que ver conmigo.

—Por favor, por favor, no pretendo ser indiscreto. Podemos comprobarlo de inmediato. Que yo sepa, esta noche no ha entrado ninguna solicitud de autopsia forense. De todas formas...

Autopsia forense: el cerebro de Fridolin se estremeció. Ese podría ser efectivamente el caso. ¿Quién sabía si su suicidio había sido voluntario? Recordó a los dos caballeros que habían desaparecido repentinamente del hotel después de enterarse del intento de suicidio. El asunto bien podría convertirse en una cuestión criminal de primer orden. ¿Y si él, Fridolin, fuera citado precisamente como testigo? ¿Realmente no estaría obligado a presentarse voluntariamente ante el tribunal?

Siguió al doctor Adler por el pasillo hasta la puerta opuesta, que estaba entreabierta. La habitación, alta y desnuda, estaba tenuemente iluminada por las llamas abiertas y un poco bajas de una lámpara de gas de dos brazos. De las doce o catorce mesas mortuorias, solo unas pocas estaban ocupadas. Algunos de los cuerpos yacían desnudos sin cubrir y el resto estaba cubierto con lienzos. Fridolin se acercó a la primera mesa que estaba junto a la puerta y apartó con cuidado la tela de la cabeza del cadáver. Un rayo de luz proveniente de la linterna eléctrica del doctor Adler se difundió de repente. Fridolin vio el rostro amarillento de un hombre de barba gris e inmediatamente lo cubrió con el sudario. En la mesa de al lado yacía un joven delgado y desnudo. El doctor Adler, desde otra mesa, dijo:

—Uno de entre sesenta y setenta años, así que tampoco será este.

Pero Fridolin, como movido por un impulso repentino, se acercó al final de la habitación, desde donde el cuerpo de una mujer emitía un brillo pálido. Tenía la cabeza inclinada hacia un lado; mechones de cabello largo y oscuro llegaban casi hasta el suelo. Fridolin extendió involuntariamente la mano para enderezar la cabeza, pero vaciló de nuevo con una timidez que por lo demás a él, médico, le era ajena. El doctor Adler se había acercado y señalando a los que quedaban detrás de él, dijo:

—Si ninguno de esos viene al caso, ¿entonces es esa? Y alumbró con la lámpara eléctrica la cabeza de la mujer, que Fridolin, venciendo su timidez, había agarrado con ambas manos y levantado un poco. Un pálido rostro con los párpados medio cerrados lo miraba fijamente. La mandíbula inferior colgaba flácida, el labio superior estrecho y arrugado dejaba ver las encías azuladas y una hilera de dientes blancos. Fridolin no habría podido decir si aquel rostro alguna vez o al menos ayer había sido hermoso. Era un rostro completamente vacío, aniquilado; era un rostro muerto. Podría pertenecer tanto a una joven de dieciocho años como a una de treinta y ocho.

—¿Es ella? —preguntó el doctor Adler.

Fridolin se inclinó involuntariamente un poco más, como si su mirada penetrante pudiera extraer una respuesta de sus rígidos rasgos. Y, sin embargo, al mismo tiempo sabía que, incluso aunque realmente fuera su rostro, aunque fueran sus ojos, los mismos ojos que ayer brillaban tan ardientemente en los suyos, él no sabría, no podría..., no quería saberlo. Y de nuevo colocó suavemente la cabeza sobre la mesa y dejó vagar la mirada por el cadáver, guiado por el resplandor errante de la linterna eléctrica. ¿Era su cuerpo, el maravilloso y espléndido cuerpo que tan dolorosamente anhelaba ayer? Vio un cuello amarillento, arrugado; vio dos pequeños pechos de niña, aunque algo flácidos, entre los cuales, como si ya estuviera actuando su obra la putrefacción, se dibujaba el esternón con cruel claridad bajo la piel pálida; vio la redondez del abdomen, de un color marrón apagado; vio cómo los muslos bien formados se abrían con indiferencia desde una sombra oscura, ahora misteriosa y sin sentido; vio las rodillas ligeramente dobladas hacia afuera, los bordes afilados de las espinillas y los pies delgados con los dedos curvados hacia adentro. Todo esto fue desapareciendo en la oscuridad a medida que el cono de luz de la linterna eléctrica cubría el camino de regreso a distinta velocidad hasta que finalmente se posó temblando ligeramente sobre el pálido rostro. Sin quererlo, como forzado y guiado por una fuerza invisible, Fridolin tocó la frente, las mejillas, los hombros, los brazos de la difunta con ambas manos; luego entrelazó sus dedos con los de la muerta como en un juego de amor, y rígidos como estaban, le pareció como si quisieran moverse para agarrar los suyos. Sí, le pareció como si una distante mirada sin color se dirigiera hacia la suya, bajo los párpados medio cerrados; y como atraído mágicamente, se inclinó hacia ella.

De repente, detrás de él oyó un susurro:

—¿Pero qué estás haciendo?

Fridolin de repente recobró el juicio. Soltó sus dedos de los de la muerta, agarró sus delgadas muñecas y con cuidado, incluso con cierta impostura, colocó sus brazos helados a los lados del tronco. Y le pareció como si esta mujer acabara de morir en ese mismo momento. Luego se dio la vuelta, se encaminó hacia la puerta por el pasillo que resonaba bajo sus pies y volvió a entrar en el gabinete de trabajo que antes había dejado. El doctor Adler lo siguió en silencio y cerró la puerta detrás de ellos. Fridolin se dirigió al lavabo.

—¿Me permites? —dijo mientras procedía a limpiarse cuidadosamente las manos con Lysol y jabón. Mientras tanto, el doctor Adler parecía dispuesto a reanudar su interrumpido trabajo. Había encendido de nuevo el correspondiente dispositivo de la luz, había girado el tornillo micrométrico y miraba ya por el microscopio. Cuando Fridolin se le acercó para despedirse, el doctor Adler estaba completamente absorto en su trabajo.

—¿Te gustaría echar un vistazo a la preparación? —preguntó.

—¿Para qué? —preguntó Fridolin distraídamente.

—Bueno, para calmar tu conciencia —respondió el doctor Adler, como si asumiera que la visita de Fridolin solo tenía un propósito médico-científico.

—¿Puedes orientarte? —preguntó Adler mientras Fridolin miraba por el microscopio—. Se trata de un método de coloración bastante novedoso.

Fridolin asintió sin apartar el ojo del cristal.

—¡Fantástico! —comentó—. Una imagen en color, se podría decir.

Hizo algunas preguntas sobre diversos detalles de la nueva técnica.

El doctor Adler le dio la información que quería y Fridolin opinó que este nuevo método probablemente le sería de gran utilidad en un trabajo que planeaba para un futuro próximo. Pidió permiso para volver mañana o pasado mañana para informarse más al respecto.

—Por supuesto, siempre a tu disposición —dijo el doctor Adler, quien acompañó a Fridolin sobre las resonantes baldosas de piedra hasta la puerta, que mientras tanto habían cerrado y que abrió con su propia llave.

—¿Te vas a quedar? —preguntó Fridolin.

—Así es —respondió el doctor Adler—. Estas son las horas de trabajo más hermosas, desde la medianoche hasta la mañana. Al menos estás bastante a salvo de interferencias.

—Bueno —dijo Fridolin con una sonrisa suave y cargada de culpabilidad.

Seis

El doctor Adler posó su mano en el brazo de Fridolin para tranquilizarlo y luego preguntó con cierta reserva:

—Entonces, ¿era ella?

Fridolin vaciló por un momento, luego asintió sin decir palabra, sin apenas darse cuenta de que esta afirmación era posiblemente una falsedad. Porque si la mujer que yacía allí en el depósito de cadáveres era la misma que había tenido desnuda en sus brazos hacía veinticuatro horas bajo los sonidos salvajes del piano de Nachtigall o si esa mujer muerta era otra persona, una desconocida, una extraña que nunca hubiera conocido... Él sabía que incluso aunque la mujer que él estaba buscando, que quería, que podría haber amado durante una hora, estuviera todavía con vida y consiguientemente siguiera haciendo su vida..., lo que quedaba detrás de él en la sala abovedada, al resplandor de las llamas de gas parpadeantes, una sombra bajo otras sombras, oscura, sin sentido ni misterio como ella..., para él no podía significar nada más que el pálido cadáver de la noche anterior destinado a la descomposición irrevocable.

Siete

Por las calles oscuras y desiertas se apresuró a volver a su casa y unos minutos después, tras desnudarse en la sala de la consulta, como lo había hecho veinticuatro horas antes, entró en el dormitorio matrimonial lo más silenciosamente que pudo. Escuchó la respiración tranquila de Albertine y vio el perfil de su cabeza sobre el mullido almohadón. Un sentimiento de ternura, incluso de seguridad que no esperaba, invadió su corazón. Y decidió que pronto le contaría la historia de la noche anterior, tal vez mañana, pero como si todo lo que había vivido hubiera sido un sueño, y solo cuando ella sintiera y reconociera la nulidad de sus aventuras, le confesaría que estas habían sido reales. «¿Reales?», se preguntó... En ese momento, muy cerca del rostro de Albertine, percibió en la almohada contigua, la suya, algo oscuro pero perfectamente delimitado, como las líneas sombreadas de un rostro humano. Por un momento se le paró el corazón, pero de inmediato se dio cuenta de dónde estaba, echó mano al cojín y agarró en su mano la máscara que había usado la noche anterior, y que esta mañana, mientras envolvía el paquete, se le debía de haber deslizado sin que él se diera cuenta, y es posible que la sirvienta o la propia Albertine la encontrara. Así que no cabía la menor duda de que, después de este hallazgo, Albertine sospechaba muchas cosas y probablemente más o incluso peores de las que realmente habían ocurrido. Pero la manera como ella se lo daba a entender, su ocurrencia de dejar la oscura máscara en la almohada contigua, como si ahora con ella se refiriera al rostro, ahora enigmático, de su marido; esta forma jocosa, casi juguetona, en que parecía estar expresando tanto una advertencia suave como una voluntad de perdón, le dio a Fridolin la esperanza segura de que, probablemente recordando su propio sueño, estaría inclinada a no tomarse demasiado a pecho cualquier cosa que hubiera pasado. Pero Fridolin, repentinamente al fin de sus fuerzas, dejó que la máscara se deslizara al suelo, y sin que él lo hubiera esperado, empezó a sollozar fuerte y dolorosamente; a continuación se hundió junto a la cama y lloró suavemente sobre las almohadas.

Tras unos segundos sintió una mano suave que le acariciaba el pelo. Luego levantó la cabeza y de lo más profundo de su corazón se le escapó:

—Voy a contártelo todo.

Al principio, ella levantó la mano como en una suave defensa; él la tomó, la guardó en la suya, la miró interrogante y suplicante y ella asintió con la cabeza. Él se puso a contar.

La mañana amanecía gris a través de las cortinas cuando Fridolin terminó de contar. Albertine no lo había interrumpido ni una sola vez con una pregunta curiosa o impaciente. Ella sintió que él ni podía ni quería esconderle nada. Se quedó en silencio, con los brazos cruzados bajo la nuca, y guardó silencio durante mucho tiempo una vez que Fridolin hubiera terminado. Finalmente, tendido a su lado, se inclinó sobre ella, y en su rostro inmóvil de ojos grandes y brillantes en los que ahora parecía nacer la mañana, preguntó al mismo tiempo, dubitativo y esperanzado:

—¿Qué hacemos, Albertine?

Ella sonrió y, tras un momento de vacilación, respondió:

—Estar agradecidos al destino; creo que hemos salido indemnes de todas esas aventuras, las reales y las soñadas.

—¿Estás segura de ello? —preguntó él.

—Tan segura como presiento que ni la realidad de una noche, ni siquiera la realidad de toda una vida humana pueda significar su verdad más íntima.

—Y ningún sueño —suspiró él suavemente— es completamente un sueño.

Ella tomó su cabeza con ambas manos y la apretó íntimamente contra su pecho.

—Ahora estamos bien despiertos —dijo— para largo tiempo.

Para siempre, quiso agregar, pero antes de que pudiera decir las palabras, ella le puso un dedo en los labios y, como si estuviera frente a ella, susurró:

—Nunca preguntemos por el futuro.

Así siguieron ambos, acostados y en silencio, probablemente durmiendo un poco y sin soñar, el uno junto al otro, hasta que a las siete de la mañana llamaron a su puerta y con los ruidos habituales de la calle, un rayo de luz victorioso a través del hueco de la cortina y la clara risa de una niña en la habitación de al lado comenzaba el nuevo día.